¡Vampiros!
Una nueva novela de Cindy la vampira

Erika Sanders
Serie
Historias eróticas de misterio e intriga
Terror erótico Vol. 2

© Erika Sanders, 2025

Imagen portada: © AnnaTamila, 2025

Primera edición: 2025

Todos los derechos reservados. Prohibida la reproducción total o parcial de la obra sin la autorización expresa de la propietaria del copyright.

Sinopsis

En la ciudad están apareciendo casos de aparentes suicidios, pero con los cuerpos sin una sola gota de sangre.

El detective Parker es el encargado de solucionar uno de estos casos, un hombre encontrado en su bañera con las muñecas cortadas, y en el que conocerá a una enigmática y hermosa mujer llamada Cindy...

¡Vampiros! es una historia perteneciente a la colección Historias eróticas de misterio e intriga, una serie de novelas de terror y misterio de alto contenido erótico.

Nota sobre la autora:

Erika Sanders es una conocida escritora a nivel internacional, traducida a más de veinte idiomas, que firma sus escritos más eróticos, alejados de su prosa habitual, con su nombre de soltera.

Índice:

¡VAMPIROS!
POR
ERIKA SANDERS

CAPÍTULO 1

Peter Bridgesmith giró su auto a la vuelta de la esquina y continuó recorriendo las calles del centro.

Peter no contaba una imagen halagadora; estaba gordo (no tenía excesivo sobrepeso, pero estaba gordo), su piel estaba áspera y su interés por la higiene personal no era particularmente fuerte.

Y él era desagradable en otros aspectos también.

Por ejemplo, tenía un gran interés en las prostitutas.

Eso fue, de hecho, lo que lo llevó al centro a última hora de la tarde.

La compañía de software y aplicaciones que había fundado había funcionado muy bien, antes de venderla a una compañía más grande por más dinero del que nunca podría gastar.

Entonces podría haber contratado a mujeres más caras, más atractivas y más discretas, si hubiera querido.

Pero le gustaba el anonimato de llevar en su carro a una chica de la acera y, a decir verdad, se sentía a gusto por lo que sentía.

Había algunas chicas bonitas afuera esta noche, vestidas con poca ropa a pesar de la fría noche, pero la vista de la mujer que estaba en el medio del bloque de edificios apartó a todas las demás de su cabeza.

Ella era ... increíble.

Alta, con abundantes curvas, cabello largo y oscuro y unas piernas increíbles.

En comparación con las otras chicas de la calle, estaba vestida casi con modestia.

No es que eso importara mucho.

Ella podría haber estado vestida con una sotana y todavía haber deslumbrado a todos los ojos masculinos.

Peter aceleró, y luego pisó el freno para detenerse junto a ella.

Cuando él bajó la ventanilla del lado del pasajero, ella se inclinó y sonrió.

Su postura le dio una mirada clara por debajo del vestido.

Esas no podrían ser reales.

Pero no es que a Peter le importara.

"Hola, joven apuesto", dijo en un suave contralto, "¿buscas una cita?"

Peter ignoró al 'apuesto', no se hacía muchas ilusiones sobre su aspecto.

"Sí, ¿cuánto sería?"

Ella se encogió de hombros.

"Depende de lo que quieras y por cuánto tiempo. ¿Por qué no me meto dentro y podemos hablar mejor de eso?"

"Seguro."

Peter se sintió nervioso y ansioso.

Esto era ridículo, se dijo, no era como si fuera su primera vez.

La mujer se metió en el auto y le miró a los ojos.

Manteniendo su mirada fija en sus ojos, se deslizó cerca y extendió la mano para pasarla por su muslo.

Su mirada se intensificó y Peter sintió que el nerviosismo se desvanecía, junto con todo menos lo que la mujer quería.

"Llévame a tu casa, semental. Conduce con cuidado, obedece todas las normas de tránsito y no te molestes en hablar. No tenemos nada de qué hablar".

"Sí, está bien."

Con cuidado, se detuvo en todos los semáforos y obedeció todas las señales de tráfico de camino a su casa.

CAPÍTULO 2

La mujer abofeteó a Peter con fuerza en la cara.

"Dije que aún no, tonto gordo".

Ambos estaban desnudos, en la cama de Peter, ella estaba arrodillada sobre sus caderas.

La cabeza de Peter se giró hacia un lado por la fuerza del golpe y le tomó unos segundos decir:

"Hey, eso duele".

No parecía muy interesado en nada.

"Oh cállate, imbécil, te dije que no hablaras".

"Lo siento."

La mujer suspiró profundamente, lo que Peter habría disfrutado ver si hubiera sido capaz de disfrutar algo.

"Eres realmente patético, ¿no? ¿Por qué me molesté en subir a tu auto? Sabía que no valdría la pena el tiempo que me llevaría contigo. Incluso podría haberte dejado vivir si hubieras logrado que me corriera una vez, pero tú ni siquiera podías hacer eso por mí ".

Ella se inclinó sobre él hasta que sus ojos negros llenaron su visión por completo.

Ella ejerció su voluntad y sintió que la última resistencia de él se desvanecía, junto con todo pensamiento o emoción.

"Eso es todo", arrulló, "Solo déjame ocuparme de todo de aquí en adelante".

Peter no pudo hacer nada más que asentir obedientemente.

CAPÍTULO 3

El detective Parker salió del ascensor y caminó por el pasillo, preguntándose ociosamente sobre el precio de uno de los condominios en este edificio.

Por la decoración del lugar seguro era bastante alto.

Más de lo que un simple policía podía pagar, eso era seguro.

Una puerta al final del pasillo estaba abierta y miró hacia adentro esperando ver la acostumbrada multitud de gente en uniforme y a un par de gente em mono de la oficina del médico forense.

Él intervino.

"Muy bien, ¿quién llamó a un detective?"

Un joven oficial uniformado se acercó.

"Yo lo hice, señor. Algo parecía estar mal y mi sargento dijo que siguiera adelante con mi instinto".

"Muy bien, dame el resumen de lo que han averiguado".

"Sí señor." El joven miró su libreta. "Fallecido es Peter Bridgesmith, de treinta y ocho años, soltero. Vicepresidente de una compañía de software aquí en la ciudad. Su oficina no había tenido noticias suyas en dos días, lo que dijeron que era muy inusual para él, así que llamaron a la policía. El administrador del edificio dijo que no había sabido nada del señor Bridgesmith y abrió la puerta para nosotros. Pero el cerrojo y la cadena estaban puestos, así que tuvimos que entrar forzando la puerta. Encontramos el cuerpo en la bañera. Parece un suicidio, pero no hay ninguna nota. Tiene las muñecas cortadas, pero cuando levantamos el cuerpo no había nada en la bañera excepto él. Encontramos una cuchilla de afeitar que obviamente se usó para cortarle las muñecas, pero estaba en el bote de basura, no cerca de la bañera ".

"Entonces, ¿están pensando en asesinato?"

"No me pagan para pensar, detective. Ese creo que es su trabajo".

"Está bien, buen trabajo. Tomaré el caso desde aquí. Vuelve a la estación y comienza a trabajar en tu informe, y contáctame si necesitas ayuda con él".

"Sí señor."

Parker entró en el baño.

Había una camilla allí, con una bolsa para cadáveres cerrada, y varias personas de pie.

Parker se acercó a un asistente forense que él conocía.

"Hola, Jack. ¿Qué tienes para mí?"

"Oh, hola Jim. No sabía que ibas a estar en esto. ¿Dónde está ... cuál es su nombre, tu compañero?"

"Todavía está de vacaciones. Y su nombre es Detective Orson, para tu información".

"Lo que sea. Por la forma en que pasas por los casos, probablemente estará lo suficiente de vacaciones como para no preocuparse de este caso".

"Tonterías. ¿Qué tienes?"

"Bueno, a primera vista es un suicidio, pero hay algunas cosas extrañas. Primero, ninguna nota. Nada concluyente sobre eso, pero es extraño. Segundo, la navaja de afeitar que usó para cortarse las muñecas estaba a varios metros de distancia en el bote de basura. Así que o se cortó las muñecas en la bañera e hizo un tiro de enceste perfecto, o se cortó las muñecas cerca del bote de basura y caminó hacia la bañera para entrar, en cuyo caso esperaríamos ver gotas de sangre en el piso y no hay ninguna. De cualquier manera, ¿por qué molestarse en hacer algo así? ¿Cuál sería el punto? Cosa extraña número tres, hay algo de sangre en el agua, pero no la necesaria para morir desangrado ".

"¿Estamos seguros de que murió desangrado?"

"Todo indica que lo hizo, pero no lo sabremos con certeza hasta que lo tengamos sobre la mesa de autopsias. ¿Listo para la cosa extraña número cuatro?"

"Claro, sorpréndeme".

Jack señaló:

"Toda evidencia dice que alguien la estaba pasando muy bien en su cama; hay secreciones y todo eso. No está casado, entonces ¿quién fue? ¿Y la víctima la pasó tan bien que la dejó ir, cerró la puerta y entró aquí para hacer esto? Realmente eso no cuadra ".

"No, no lo hace. ¿Alguna otra cosa extraña?"

"De momento no. ¿Quieres echarle un vistazo al querido difunto?"

"No sería mi primera opción".

"Joder."

"Sí. Ya ves" Parker se frotó la nuca por un minuto. "Bueno, llévalo a la mesa lo antes posible y envíame el informe cuando esté hecha la autopsia. No tengo que decirte que te apures, ¿verdad?"

"Como lo dices todo el tiempo, obviamente no".

"Muy bien, voy a hablar con los vecinos y ver si tienen algo que agregar. Gracias".

CAPÍTULO 4

Como era media tarde, Parker no tuvo mucha suerte, la mayoría de los vecinos estaban fuera.

Entonces escribió mensajes breves y banales en tarjetas de presentación y las metió debajo de las puertas.

Puede que tenga que volver después de la hora de la cena, pensó.

Tuvo más suerte al final del pasillo.

Un residente respondió de inmediato, un hombre joven con una expresión seria.

"Buenas tardes, mi nombre es Detective Inspector James Parker", Parker mostró su placa e identificación. "¿Quería hacerle algunas preguntas sobre su vecino al final del pasillo, Peter Bridgesmith? ¿Lo conocía bien?"

"Oh, ¿pasa algo? ¿Pasó algo?"

"Bueno, parece que el señor Bridgesmith se suicidó, pero tenemos que pasar por las preguntas de rutina hasta que estemos seguros de cualquier manera. Esto pasa en todos los presuntos suicidios. ¿Lo conocía?"

"No realmente, es posible que hayamos hablado una o dos veces en el pasillo, pero eso es todo. Él no era ... bueno, no es lo mejor que se puede decir de alguien, pero era ... tenía algunos hábitos desagradables. Nunca parecía particularmente limpio y él, eh, traía prostitutas a casa ".

"¿En serio? ¿Ha visto a alguien entrar o salir hace dos noches? Esto habrá sido el lunes por la noche".

El hombre suspiró y claramente se resignó a involucrarse.

"Sí, en realidad lo hice. Estaba bajando a mi auto en el estacionamiento y lo vi salir del elevador con una mujer".

"¿Puedes describirla?"

"¿Cree que ella está involucrada?"

"No sabemos nada en este momento, pero tendré que hablar con ella. Cualquiera que esté relacionada con él en la noche de su muerte".

"Sí, bueno, eh, en realidad creo que puedo hacerlo mejor que describirla. ¿Puede esperar un segundo?"

"Seguro."

El hombre se metió en su casa y regresó un minuto después con un gran cuaderno de dibujo.

Se lo presentó a Parker, quien se encontró con un dibujo a lápiz de una mujer muy atractiva.

"¿Esta es ella?"

"Sí. Soy un dibujante comercial y ella era tan impresionante que la dibujé. Eso es lo que me llamó la atención de ella, era simplemente hermosa. Mucho más bonita que cualquier otra mujer con la que lo haya visto. Le hubiera dicho que no podría ser una prostituta, pero nunca lo he visto con una mujer que no lo fuera. Aunque supongo que es posible que ella fuera una hermana o algo así ".

"Cualquier cosa es posible. ¿Qué tan preciso es este boceto?"

"Muy preciso. La miré bien y tengo un buen recuerdo para las caras".

"Está bien, ok. ¿Puedo quedarme con esto?"

"Claro, por supuesto."

Le retiró la libreta y cuidadosamente arrancó la imagen para devolvérsela.

"Muy bien, esto es de gran ayuda", Parker le pasó una tarjeta de presentación. "Se lo agradezco, y si recuerda alguna otra cosa, llámeme".

CAPÍTULO 5

Parker se reclinó en su silla, apoyó los pies en su escritorio, cerró los ojos y murmuró:

"Algo no cuadra".

Cuando no hubo respuesta del escritorio vecino, gruñó.

Maldición, Andy y sus vacaciones.

¿De qué sirve un compañero que no está cerca cuando necesito quejarme de algo con él?

Los verdaderos policías no se van de vacaciones, todo el mundo lo sabe.

Parker recogió su archivo sobre Bridgesmith y fue a la oficina acristalada en la esquina de la gran sala del departamento.

Llamó a la puerta y asomó la cabeza.

"Hola jefe, ¿tienes un segundo? Necesito compartirte algo".

"Claro, adelante", fue la respuesta.

El teniente de Parker siempre estaba dispuesto a ofrecer una opinión sobre un caso y estaba acostumbrado a escuchar las cavilaciones de Parker.

"¿Qué caso te tiene preocupado?"

"Bridgesmith. El suicidio que comienza a parecerse cada vez menos a un suicidio. ¿Recuerdas la lista de cosas que dije que no cuadraban? Tengo un par más. Las únicas huellas digitales en la hoja de afeitar que se han encontrado fueron las de Bridgesmith. Y, el asistente de forense me ha comentado que no solo no había suficiente sangre derramada en el agua para un tipo que se suicidó, sino que Bridgesmith nunca podría haber muerto por sus heridas. Quien le cortó las muñecas hizo un trabajo horrible. Pero, por otra parte, definitivamente murió por la pérdida de sangre. No estoy teniendo suerte en obtener una imagen de todo esto, pero está empezando a asustarme ".

"Sí, siempre te sientes así cuando tienes más preguntas que respuestas. Entonces, ¿cuál es tu próximo paso?"

"No sé si tengo otra opción, tengo que hablar con la mujer".

"¿La del dibujo que me mostraste? ¿Cómo planeas encontrarla?"

"También estoy un poco limitado en eso. Mostré el boceto a algunos tipos en antivicio y nadie la reconoce, lo cual no es una gran sorpresa. Era una posibilidad remota. No sé si tengo alguna otra elección, pero tendré que ir a la calle y preguntar a algunas de las chicas que trabajan allá. Tal vez alguna la haya visto o incluso sepa su nombre ".

"Eso va a ser mucho tiempo pisando la calle para algo que probablemente no funcionará".

"Lo sé, pero no estoy seguro de qué más probar".

"Intenta esto primero. Pregunta a los vecinos de nuevo, y tal vez date una vuelta por algunas de las tiendas en el vecindario del condominio de Bridgesmith. Tal vez tengas suerte y ella se detuvo para comprar una taza de café con una tarjeta de crédito. Si eso no resulta puedes probar entonces con un par de noches de caza de putas. Podemos reevaluar después de eso ".

"Qué divertido suena todo esto."

"Sí, siempre obtienes los mejores casos. Hablando de eso, cómo van tus otros casos".

"Te refieres a Rudolph. ¿Recuerdas lo mocoso que era el yerno cuando lo interrogamos? Investigué un poco y creo que se muere por alardear ante alguien. Si lo atraemos de nuevo y apretamos un poco, seguro que nos cantará una bonita canción ".

"O callarse y pedir un abogado".

"No me pareció tan inteligente".

"Es cierto. Muy bien, lo intentaremos, superpoli. ¿Cuándo volverá Andy?"

"En un par de días. No puedo esperar para dejar caer algunas de estas cosas en su regazo".

"Eso es lo que obtiene por salir de vacaciones".
"Me leíste el pensamiento."

CAPÍTULO 6

Parker cerró la puerta de su departamento con frustración, arrojó el correo sobre el mostrador de la cocina y entró en la sala de estar.

Se deshizo del abrigo y se quitó los zapatos.

Mierda, mierda, mierda.

Toda la idea de la caza de putas había sido un fracaso total.

Después de tres noches de caminar por las aceras del centro, no tenía ningún avance en el caso.

Había hablado con más prostitutas de las que siempre había querido hablar.

Había mostrado el boceto a todas.

Una chica pensó que tal vez la mujer del dibujo había estado un par de cuadras de ella.

Otra chica nunca había visto a la mujer en el boceto antes.

Ninguna tenía nada interesante que decirle.

El teniente iba a apartarlo del caso en cualquier momento.

Parker supuso que tendría una noche más, o como mucho dos, en la calle buscando.

Algo estaba mal en todo este caso.

Parecía un suicidio, pero no se sentía como tal.

Parker tenía buenos instintos y había aprendido que ignorarlos generalmente era un error.

Se quitó la funda del cinturón, se desabrochó la correa de sujeción, dejó caer la funda y se giró con su Magnum con ambas manos y apuntó a la figura que estaba cerca de la puerta del dormitorio.

"¡Manos arriba! Acaba de irrumpir en el departamento de un policía, señora, ¿está loca? ¡Déjeme ver sus manos, ahora!"

La mujer, lenta y sin amenazas, levantó las manos hasta la altura de los hombros.

Mientras lo hacía, Parker la miró y memorizó su rostro.

Bonita, pensó, no muy alta, delgada, cabello rubio corto, piel pálida.

Vistiendo pantalones azul oscuro, blusa blanca, zapatos negros de tacón bajo.

Intentó no darse cuenta de las atractivas curvas que mostraba su ropa.

"Cálmate, detective. No hay razón para preocuparse en absoluto. Solo cálmate".

Su voz era baja y agradable, tranquila y segura de sí misma.

"Estoy tranquilo, y si haces un movimiento que no me gusta, te dispararé con calma. ¿Quién eres? ¿Qué quieres?"

"Solo necesitaba hablar con usted por unos minutos, detective. Luego seguiré mi camino y no recordará nada. Ahora, ponga el arma sobre la mesa. No tiene razón para no confiar en mí. "

Su voz todavía mantenía esa certeza tranquila y una cualidad extrañamente convincente.

Parker se encontró casi obedeciéndola, luego apretó los hombros.

"Creo que no es probable que confíe en usted, señora, y estoy feliz con mi arma apuntada hacia usted. Ahora, ¿quién es usted y qué quiere?"

Eso pareció tomarla por sorpresa, ella parpadeó un par de veces.

"Mi nombre es Cindy ... Smith, y como dije, necesito hablar contigo".

"Ok. ¿Y tu verdadero nombre es?"

"Tienes razón, eso fue bastante torpe. Mi nombre es Cindy Madison. Ese es mi nombre real y tengo una identificación para demostrarlo, si me dejas sacarla. Solo quiero hablarte sobre el caso en el que estás trabajando, eso es todo ".

"¿Dónde está tu identificación?"

"Está en el bolso colocado en esa mesa a tu lado. ¿Alguna posibilidad de que puedas bajar tu arma mientras la miras? Te prometo que no me moveré".

Parker bajó la pistola, pero mantuvo la vista fija en la mujer mientras daba la vuelta a la mesa.

Abrió el bolso sin mirar, y metió la mano dentro.

Mantuvo sus ojos en la mujer mientras buscaba la billetera.

Luego se topó con un problema.

¿Cómo mirar su identificación y mantener sus ojos en ella?

Ella sonrió cuando lo vio alcanzar el mismo dilema.

"Puedo ofrecer una sugerencia que podría ayudar si estás interesado".

"Muy bien, vamos a escucharla".

"Pon tu pistola sobre la mesa y mantén tu mano un poco más o menos por encima".

Parker levantó una ceja.

"¿En serio? ¿Y cómo ayudará eso?"

"Compláceme."

Él se burló.

Bueno, no es que ella esté tan cerca.

Hizo lo que ella le indicó.

"No me quites los ojos de encima", dijo, "y cuando estés listo, toma tu pistola, tan rápido como puedas".

"Oh sí, creo que vi esto en una película".

Pero antes de que terminara la primera sílaba de la última palabra, golpeó con la mano hacia abajo ... y sintió solo un suave linóleo debajo de la mano.

Miró hacia abajo, su pistola había desaparecido.

Miró hacia delante, la mujer estaba parada en el mismo lugar, con su pistola sostenida por el cañón en su mano derecha.

Dejó que la situación se detuviera por un momento, mientras Parker pensaba es su pequeña pistola de .38 en la funda del tobillo.

Si él pudiera volcar la mesa y esconderse detrás de ella ...

Entonces casualmente ella se acercó y dejó su pistola sobre la mesa.

"¿Alguna duda de que podría matarte si realmente quisiera?"

A Parker le gustaba pensar en sí mismo como algo más que un policía macho promedio, por lo que sacudió la cabeza.

"Entonces, ¿por qué no lo hice?" Ella le preguntó.

"¿Porque no eres tan estúpida como para dispararle a un policía?"

"Definitivamente, pero ¿qué más?"

"Porque todo lo que quieres hacer es hablar?"

Ella asintió.

"Eso es correcto. Adelante, revisa mi identificación sin temor".

No tiene mucho sentido hacer otra cosa.

Su billetera tenía lo que parecía ser una licencia de conducir válida, tarjetas de crédito, algo de efectivo.

Y una licencia de investigadora privada del estado de Nueva York.

Todo esto con el nombre de Cindy Madison en todos los sitios.

Volvió a dejar la billetera en su bolso, miró su pistola pensativamente, luego rodeó la mesa para sentarse en el sofá sin tocarla.

Él le indicó que se sentara en el sillón reclinable frente al sofá y ella se sentó.

"Querías hablar, así que habla", le dijo.

"Estás investigando un aparente suicidio". No fue una pregunta.

"No tengo libertad para comentar sobre una investigación en curso".

"Eso está muy bien, pero sé con certeza que lo estás haciendo". Parker abrió la boca y ella se apresuró a decir: "No importa, no te diré cómo lo sé".

"Esta será una charla corta, entonces".

"Estás buscando una mujer, alta, de cabello oscuro, muy atractiva".

Parker sacó el boceto del bolsillo de su abrigo y se lo mostró a la mujer.

Madison Lo miró y dijo:

"Sí, esa es ella. Su último alias conocido fue Jaqueline Anderson. Puede estar haciéndose pasar por prostituta".

"¿Haciéndose pasar por una?"

"En teoría, porque ella nunca toma dinero de sus víctimas. Tiene sexo con ellas y luego las mata".

"Interesante. ¿Cómo dijiste que obtuviste esta información?"

"Buen intento, detective. Algo que no sabes, esta no es la primera ciudad en la que ha hecho esto. Se ha estado moviendo gradualmente hacia el oeste, esta es la tercera ciudad donde ha hecho esto. Y en cada ciudad mata entre cuatro y siete hombres, y luego ella sigue adelante ".

"Revisé las bases de datos nacionales para crímenes similares".

"Y no encontraste nada. La información fue ... suprimida. No preguntes cómo".

"Correcto. ¿No te estás cansando de decir eso? No importa. ¿Cuál es su motivación para todo esto?"

"¿Ser una asesina en serie psicótica no es motivo suficiente?"

"En realidad no. Incluso los asesinos en serie psicóticos tienen razones para lo que hacen, incluso si la razón es generalmente psicótica".

"Me temo que no puedo darte una razón mejor".

"Naturalmente no. ¿Y cuál es TU interés en esto?"

"Fui contratada por la familia de una de sus primeras víctimas. La he estado siguiendo durante meses. Me gustaría encontrarla antes de que pueda escapar nuevamente".

"¿Y esperas que te ayude con eso?"

"Me gustaría que me ayudaras, pero ya no tengo muchas expectativas".

Parker sacudió la cabeza.

"Señora, esa historia es ridícula, sospechosa y llena de agujeros. ¿Quiere decir la verdad esta vez?"

"¿Dudas de mi palabra?"

"¿Te escabulles a mi departamento, haces algún tipo de truco de magia para robar mi arma y me cuentas una historia que es pura sarta de mentiras? Sí, dudo de tu palabra. Si creyera que tendría alguna oportunidad de ponerte las esposas ... Te arrestaría por allanamiento de morada con nocturnidad ".

"Me alegra que entiendas la locura de intentar eso".

"Gracias por el voto de confianza."

Moviéndose muy lentamente, sacó una tarjeta de negocios del bolsillo de su camisa y la colocó en la mesa de café entre ellos.

"Detective Parker, también estoy buscando a esta mujer. Espero encontrarla, pero usted se ha acercado a ella más que nadie. Es posible que pueda encontrarla en otro día o dos. Si lo hace, quiero que llames al número que aparece en esa tarjeta antes de intentar arrestarla. Ese es mi teléfono. No intentes arrestar a esta mujer sin mí, es la persona más peligrosa que has perseguido. Tu vida estaría en peligro si intentaras llevártela sola. Solo llámame y mantenla a la vista hasta que pueda unirme contigo. Eso es todo lo que pido ".

"Bueno, si lo que has dicho es la verdad, esta mujer ha matado entre diez y veinte hombres. Y como he sido policía durante quince años, entiendo que no me acercaría a un sospechoso de ese tipo sin respaldo. Gracias por señalar lo obvio ".

"¿He hecho algo para irritarte, detective?"

"Estoy cansado, frustrado, me duelen los pies y todo lo que obtengo de ti son trucos de magia y mentiras. ¿Por qué me irritaría?"

"Claramente, he agotado mi bienvenida, tal vez debería irme ahora".

"Quizás deberías".

Descruzó las piernas y se puso de pie.

Parker se movió primero, tomó su pistola de la mesa y la apuntó al suelo.

Ella le dio una sonrisa.

"¿Por qué detective, no confías en mí?"

"Cuando los burros vuelan".

"No es fácil ser tú, ¿verdad?"

Recogió su bolso y fue hacia la puerta, Parker la siguió.

Cuando ella estaba unos pasos por el pasillo, él gritó:

"¡Ey!", ella se volvió. "No vas a decirme cómo conseguiste mi arma, ¿verdad?"

No fue una pregunta.

"Por qué detective, si te dijera que usé magia, nunca me creerías".

Ella dio una pequeña sonrisa petulante, como si hubiera ganado una apuesta, luego se volvió y siguió por el pasillo de nuevo.

Parker no quería dejarla ir sin decir la última palabra y dijo:

"Me gustaría que la gente encontrara una mejor razón para no decirme cosas. ¿Sabes cuántas veces he escuchado eso esta semana?"

Luego cerró la puerta detrás de él, pensando para sí mismo:

"Maldita sea, tiene un buen culo".

CAPÍTULO 7

Parker estaba a unos metros de la mujer que Madison había llamado Jaqueline Anderson.

Hija de puta, era ella, sin duda.

Estaba detenida en una esquina, moviéndose de un lado a otro con una gracia asombrosa, como si estuviera aburrida.

El boceto no le había hecho justicia.

Incluso desde aquí podía ver que ella era increíblemente hermosa.

¿Qué demonios hacía una mujer así fingiendo ser una puta callejera, y por qué estaba matando hombres?

Ella debe de ser retorcida más allá de lo creíble.

Pensó en la tarjeta de presentación en su billetera.

Pensó en las advertencias que Madison le había dado.

Bueno, ella no se veía tan peligrosa.

Además, él estaba armado y ella no.

Podía estar seguro.

No había ningún lugar en ese vestido para esconder un arma.

El vestido apenas escondía nada.

A la mierda.

Él comenzó a caminar hacia ella.

Posiblemente no fuera la mejor decisión desde una perspectiva de seguridad, pero Parker todavía se sentía frustrado y confundido por el encuentro con Madison.

Además, ella no parecía peligrosa.

Y no es como si fuera un callejón oscuro en alguna parte escondida.

Estaban parados debajo de una luz, había automóviles y peatones, y varios negocios abiertos.

Un montón de testigos.

"Disculpe, señorita."

La mujer se volvió para mirarlo y una sonrisa automática y tentadora se extendió por su rostro.

"Mi nombre es Detective Parker, me preguntaba si podría hacerle algunas preguntas sobre una investigación". Parker trató de mantener sus ojos enfocados en su rostro.

¿Ella se tensó?

Parker pensó que debía haberlo hecho, pero la sonrisa no cambió.

Sus ojos, decidió, algo sobre sus ojos cambió.

"¿Qué puedo hacer por usted, detective?" Su voz era baja, íntima, casi hipnotizante.

Parker tuvo que obligarse a concentrarse.

"¿Conoce a un hombre llamado Peter Bridgesmith?"

"No estoy familiarizada con el nombre. Ya que conozco a tanta gente, a tantos hombres, que es difícil acordarme correctamente de sus nombres".

Maldición, ella ni siquiera pretendía fingir que no era una prostituta.

Eso es algo nuevo.

"Un testigo la vio con Bridgesmith el lunes por la noche y la vio entrar a su condominio. ¿Recuerda ahora?"

"¿Un hombre gordo y de aspecto desagradable? Sí, ahora lo recuerdo vagamente. No fue una ... transacción muy satisfactoria, al menos para mí. Él no creo que tuviera quejas".

Se lamió los labios y miró a Parker con un brillo hambriento en los ojos.

Parker estaba empezando a sudar.

Ella debía saber exactamente cómo estaba reaccionando a su comportamiento.

"¿Hubo algún problema? ¿Estaba de buena salud cuando se fue?"

"Estaba dormido cuando me fui. Y sonriendo. Pero entonces tenía muchas razones para sonreír. Se divirtió, se lo aseguro".

Su sonrisa se volvió perversa y depredadora.

Las implicaciones eran claras.

Era difícil ignorarlo.

Parker apartó los ojos de sus tetas y volvió a su rostro.

"¿Le dijo algo? ¿Le dio alguna indicación de que podría hacerse daño?"

"No. No estaba interesado en ... tener mucha conversación".

Una vez más, no dejó ninguna duda de lo que estaba insinuando.

Pero era curioso que ella no preguntara de qué se trataban las preguntas.

Parker estaba obteniendo extrañas vibraciones espeluznantes de esta mujer.

Ella estuvo involucrada en la muerte de Bridgesmith, él estaba seguro de ello.

No tenían pruebas contra ella, pero había algo ...

"Me pregunto, ¿estaría dispuesta a venir a la estación para que podamos analizar las cosas con más detalle? Su declaración ayudaría mucho a aclararnos las cosas".

"¿Es realmente necesario, detective? Usted dijo que era un suicidio".

De repente, Parker no tuvo dificultad para concentrarse.

Brillantes banderas de alerta ondearon en su cerebro.

"En realidad, no dije tal cosa. Voy a necesitar que venga conmigo ahora mismo".

Ya no sonreía y tampoco invitaba a nada.

Estaba empezando a mirarlo como una rata acorralada.

Pero una rata arrinconada muy bien formada.

Excepto que ella no estaba acorralada.

Ella lo demostró cuando se volvió y corrió.

CAPÍTULO 8

Por un segundo, Parker se sorprendió demasiado como para hacer otra cosa que pensar:

"¿Cómo puede correr tan rápido con esos zapatos?"

Luego se sacudió los pensamientos y corrió tras ella.

De acuerdo, eso definitivamente no fue inteligente, pero ¿qué iba a hacer?

Ella giró en una esquina y desapareció de su vista.

Segundos después, Parker dobló la misma esquina y se detuvo.

No se la veía por ningún sitio.

Desaparecida.

Pasó entre diez minutos y un cuarto de hora revisando los pocos lugares en los que ella podría haberse escondido o las puertas por las que podría haberse pasado.

Nada.

Todo estaba cerrado, y había demasiada luz.

Ella literalmente había desaparecido.

Entonces recordó a Cindy Madison y su truco de magia y comenzó a maldecir.

No se detuvo tranquilo hasta que regresó a su auto.

La llamó desde su auto, y ella estaba en su departamento diez minutos después de que él llegó allí.

Le contó el resumen de su encuentro con la viciosa asesina en serie / prostituta y cómo había desaparecido bajo su nariz.

La primera reacción de Madison no fue muy útil.

"Detective, le dije lo peligrosa que es, le dije que me llamara antes ..."

"¡Había como veinte personas alrededor!" Él le rugió. "¿Crees que soy tan estúpido que voy a estar a solas con ella? Ella no me iba a matar delante de tantos testigos, por el amor de Dios. Pero nada de eso es la cuestión, maldita sea. Tienes que empezar a decirme qué demonios está pasando aquí o te llevo a comisaria ahora mismo ".

"Mira..."

"No, mira. He tenido suficiente de este caso y de ti. Cualquier idiota podría ver que sabes lo que está sucediendo aquí. Así que me lo vas a empezar a decir, comenzando ahora mismo".

El apartamento de Parker no era grande ni caro, pero le gustaba.

Le gustaba especialmente la vista desde el balcón.

Tenía suerte de tener un balcón, lo sabía, y generalmente dejaba las cortinas abiertas para poder ver a través de las grandes puertas corredizas de vidrio.

Justo en ese momento, las grandes puertas corredizas de vidrio explotaron en pequeños fragmentos de vidrio y rociaron todo el salón.

Madison giró más rápido de lo que Parker pudo ver.

De repente, Anderson estaba allí, en la habitación y atacándolos.

Madison respondió y las dos mujeres comenzaron a intercambiar golpes casi más rápido de lo que cualquier ojo pudiera ver.

Cualquiera de esos golpes habría arrojado a un rinoceronte de rodillas, sonaba como dos tipos golpeándose entre sí con almohadas llenas de arena.

Parker apenas podía seguirlo todo.

Sacó su Magnum y la ladeó, luego adoptó una posición de disparo e intentó obtener un tiro claro, pero se movían demasiado rápido.

Estaba mirando cuando Anderson extendió la mano, la clavó en la parte posterior de su sillón reclinable y ... lo levantó con una mano.

Luego se lo arrojó a Madison.

Con una mano.

La silla y Madison atravesaron la pared hacia la habitación de Parker, dejando, el enorme sillón reclinable, y Madison, un agujero de su tamaño en la pared.

"Espera ok ... Ugh".

Anderson le quitó la pistola de la mano y lo agarró por el cuello.

Jesús, ella es fuerte.

Podía sentir que ella lo levantaba, casi del suelo.

Ella abrió la boca y ... ¿le siseó?

¿En serio?

Es curioso cómo los colmillos extendidos de su boca no le quitaron nada de hermosura a su aspecto.

Hubo el rugido de una pistola.

Anderson lo arrojó contra la pared con fuerza.

Parker se desmayó.

CAPÍTULO 9

La primera sensación que tuvo fue dolor, algo no muy gracioso teniendo en cuenta las circunstancias.

Había una especie de dolor general en todas partes y un dolor mucho más específico que venía de un lado de su cabeza.

El lado que se había estrellado contra la pared.

También había una sensación de frío en ese lado de su cabeza.

"Joder, qué demonios acaba de pasar".

Él abrió los ojos.

Estaba acostado en su propia cama.

Madison estaba sentada a su lado sosteniendo una toalla de cocina a un lado de su cabeza.

Debe haberla envuelto alrededor de hielo.

Parecía bastante maltratada.

No es sorprendente viendo su oponente.

Pero no la hacía menos atractiva.

"¿Estás bien? ¿Sabes dónde estás y todo eso?"

Ella se veía preocupada.

Que agradable sensación.

"Señora Madison. Estamos en la cama juntos. Es un sueño hecho realidad, aunque debo decir que se ha visto mejor en otras ocasiones".

"Sí, estás bien".

Ella le quitó la toalla de la cabeza y la dejó caer sobre su entrepierna.

Parker la recuperó y la presionó hacia un lado de su cabeza mientras se sentaba.

Sí, había un gran agujero en la pared.

Había restos de su sillón reclinable.

No había sido un mal sueño.

Parker se levantó lentamente y le dio una débil patada a los restos de su silla favorita.

"Mierda, ahora nunca recuperaré mi depósito de seguridad".

Madison lo agarró por la barbilla y levantó la cabeza para que ella pudiera mirarlo a los ojos.

"Tus pupilas se ven bien, no creo que tengas una conmoción cerebral".

"Tampoco tengo ninguna explicación, así que me vas a explicar esto, ¿no?"

"No sería mi primera opción".

"Eres terca. Nunca he golpeado a una mujer, no me hagas comenzar ahora".

"Estoy temblando de miedo".

Parker le dirigió una mirada agria, que ella se la devolvió con una sonrisa.

Tiró la toalla sobre la cama y dijo:

"Tenía colmillos, por el amor de Dios. Colmillos. Ella entró desde mi balcón y estamos en el quinto piso. Ustedes dos estaban lanzando golpes que habrían puesto a cualquier boxeador en el hospital. ¡Levantó mi silla con una mano y la tiró a través de la jodida pared contigo incluida! " Tuvo que detenerse y poner una mano sobre su cabeza por un segundo. "Mira, no me hagas gritar más porque mi cabeza podría explotar. Solo dime qué demonios está pasando".

"Estoy dispuesto a decirle, detective, pero no estoy segura de cuánto va a creer".

"En este punto, creeré cualquier cosa. Ambos son superhéroes o vampiros o algo así".

Parker estaba observando su rostro, así que vio sus cejas levantarse y cómo se mordió el labio.

"No, no lo intentes. No creo en ninguna de esas cosas".

"Nunca dije que fuera una superheroína, y estoy segura de que no lo soy, pero ¿qué otra cosa tendría colmillos sino un vampiro?"

Se puso la cara entre las manos.

"Necesito beber algo."

Salió de la habitación, con la intención de ir a la cocina por una botella de agua.

"En realidad, lo que realmente necesitas hacer es empacar algo de ropa e irte".

"¿Eh?"

"No estaba exagerando cuando dije lo peligrosa que era, y ahora ella sabe dónde vives. La disparé tres veces con tu arma a corta distancia, pero eso no la detendrá por mucho tiempo. Necesito sacarte de aquí e irnos a algún lugar que no conozca para pensar en nuestro próximo movimiento ".

"El próximo movimiento es llamar a mi jefe y decirle lo que está pasando".

"¿Tienes alguna prueba, detective? Porque los dos sabemos lo que sucedería si hicieras eso".

"¿Por qué no? Podría tomar unas vacaciones. No importa, olvídalo. Meteré algunas cosas en una bolsa. ¿A dónde vamos?"

Su sugerencia tenía sentido.

Parker estaba confundido, dolorido y en un estado de negación, pero no era tan estúpido para no darse cuenta de que era la única opción razonable.

"Me alojo en un hotel con una amplia reserva al otro lado de la ciudad. Puedes dormir en mi sofá por un par de noches".

"Mierda. Estoy en el país de las maravillas".

"Si tienes una mejor explicación, estoy ansiosa por escucharla".

"Ok, ok. Déjame empacar".

CAPÍTULO 10

Jaqueline Anderson se bajó sobre la polla rígida de su víctima y comenzó a montarla con entusiasmo.

Había secado a dos hombres sin hogar porque necesitaba la sangre para recuperarse de las heridas de bala que la perra Madison le había ocasionado.

Ella no sabía nada sobre esos dos hombres ni le importaba, eran simplemente los dos primeros que pudo encontrar.

Pero este último fue cuidadosamente seleccionado, tenía grandes esperanzas para este.

Él la ayudaría.

Ella se inclinó para mirarlo a los ojos, aun moviéndose deliciosamente, y comenzó a ejercer su voluntad sobre él.

Había un par de formas diferentes de hacerlo, a través del dolor o el placer.

De las dos, ella prefería el placer.

"Eso es, amante", susurró mientras seguían follando. "Me vas a ayudar, ¿no? Vas a hacer lo que quiera".

"Sí, lo que quieras" dijo el hombre.

"Eres un buen chico. Ahora, más duro, delicioso. Tan fuerte como puedas. Vamos a ver si puedes hacerme gritar".

CAPÍTULO 11

Cindy Madison sacó su teléfono celular y rápidamente escribió un correo electrónico a su supervisor.

Ella enviaría más detalles más tarde, pero había algunas cosas que necesitaba saber de inmediato, y algunos arreglos para Parker.

Pobre chico, estaba tan fuera de su alcance, pero luchaba para mantenerse al día con todo.

Era admirable.

Podía escucharlo murmurar mientras empacaba en la habitación.

Un buen puñado de palabrotas, junto con "Tengo que estar centrado en mi mente", y otros comentarios.

Pero estaba empacando y se movía rápidamente, estuviera cuerdo o no entendía el peligro en el que estaba, incluso si no aceptaba o creía sus palabras.

Correo electrónico completo, enviado y se quedó en la puerta de la habitación para mirarle.

Él era ... promedio.

Un poco más alto que ella, unos 80 kilos, cabello oscuro, ojos verdes.

Constitución media, con una cara simple, no poco atractiva.

Su rostro estaba lo suficientemente arrugado como para tener carácter y se comportaba con una extraña mezcla de cansancio con el mundo y total confianza.

Él era intrigante.

También era, aparentemente, muy práctico.

Ella observó mientras él arrojaba una caja de municiones para su pistola, junto con otros cuatro cartuchos cargados en los bolsillos de los jeans que se había puesto.

Inteligente.

Se puso una chaqueta de cuero, se puso la correa de la bolsa de lona sobre su hombro y deslizó su mano en la parte superior de la chaqueta sin subir la cremallera.

La mano que sostenía su pistola.

Buen pensamiento.

Ella echó un vistazo al pasillo mientras él cerraba la puerta de su departamento, luego lo siguió hasta el estacionamiento en el sótano.

Decidieron tomar el automóvil de ella, bajo la suposición de que Anderson lo había seguido a su casa.

Puso su bolsa de lona en la parte de atrás y tomó el asiento del pasajero, pistola en mano.

Él dividió su atención entre ella y el tráfico detrás de ellos mientras ella conducía.

"Hicimos mucho ruido destrozando mi casa. ¿Cómo es que mis vecinos entrometidos no vinieron a preguntar qué estaba pasando?"

"Lo hicieron. Les hice señas con tu placa y les dije que era asunto de la policía. Eso pareció satisfacerlos".

"Eso nunca funcionó para mí. Debes tener una cara honesta". Lo dijo con fuerte ironía. "Entonces, ¿mi arma no la detendrá por mucho tiempo?"

"No, no temas. Puedes matar a un vampiro disparándole, pero tienes que destruir el cerebro. El cuerpo se cura demasiado rápido así que disparar al cuerpo puede no hacer mucho. No podía conseguir un buen disparo en la cabeza con ella ahogándote, así que hice todo lo que pude ".

"¿Entonces las estacas al corazón tampoco lo hacen?"

"No, un vampiro simplemente sacará la estaca y te la clavará en el culo".

"¿Ajo? ¿Agua bendita? ¿Cruces?"

"Todo lo que el ajo hizo fue darme mal aliento y toda esa trampa religiosa es solo una ilusión. Sabes, nunca he entendido eso. ¿Por qué un vampiro judío tendría miedo de una cruz?"

"A menudo me he preguntado lo mismo", dijo Parker secamente. "¿Puedes convertirte en un murciélago?"

Ella se burló.

"¿Qué pasa con la luz del sol?"

"Sí, eso es en lo que Stoker si acertó. La luz del sol nos mataría y no es agradable".

"Bueno, eso es algo. Es bueno saber que tenemos alguna ventaja, dado lo fuertes y rápidos que son ustedes".

"¿Te sientes inadecuado para el trabajo?"

"No mientras esté fuertemente armado. ¿Vives de sangre?"

"No, también comemos y bebemos alimentos regulares, solo necesitamos un suministro constante de sangre para sobrevivir. No tiene que ser sangre humana, sino que debe ser fresca. Tenemos un sustituto artificial que podemos usar en cambio, aunque sabe a basura ".

"Wácala. ¿Con qué frecuencia lo haces?"

"¿Beber sangre? Depende de lo que hagamos. Cada dos o tres días generalmente, pero ella necesitará sangre esta noche para ayudar a su cuerpo a sanar, y una buena gran dosis de ella, además".

Se detuvo debido a una luz roja y él examinó todo el auto antes de volver a mirarla.

Él la miró durante mucho tiempo, con el ceño fruncido.

"Sustituto artificial".

"¿Qué?" Lo dijo como si estuviera descubriendo algo.

"Dijiste que tienes un sustituto artificial que puedes usar en lugar de sangre. Eso es ... interesante".

"¿Cómo es eso?"

"Bueno, necesitarías instalaciones de laboratorio para hacer la investigación y el desarrollo de algo así. Fabricación, distribución. Todo ello fuera de la vista de la gente común. Eso me dice que hay dinero involucrado, muy buena organización, comunicación. Como yo dijo, es interesante ".

Madison trató de mantener la consternación fuera de su rostro y juró en su propia cabeza.

Él lo había armado todo bastante rápido y por un descuido en sus comentarios.

Ella apretó los dientes y no respondió.

"Está bien", dijo finalmente. "Si comenzaras a ser completamente honesta conmigo, no sé si podría manejarlo".

"Mira, detective ..."

"Si vamos a vivir juntos, deberías llamarme Jim".

"Jim, llámame Cindy. Quiero ser honesta contigo sobre todo esto, pero no puedo contarte todo. Algo de todo esto no puedo contarte, y además muchas de esas cosas nunca te las creerías".

"No puedes decirme. Eso significa que estás bajo órdenes, ¿verdad?"

"OK..."

"Está bien. Estoy entendiendo la imagen, creo. Hay un submundo de ustedes, ¿verdad? Mantienen un perfil bajo porque no quieres que la humanidad normal sepa que no somos la parte superior de la cadena alimentaria . Eso es inteligente, considerando que somos tu comida ".

"No puedo ... mierda, simplemente no puedo, ¿de acuerdo?"

"Sí, lo sé. Dejaré de presionar al respecto. Estás tratando de mantenerme vivo, después de todo. ¿Cómo se llega a ser un vampiro?"

Al parecer, había decidido volver a las preguntas generales, gracias a Dios.

"No es muy complicado, y es algo más en lo que Stoker acertó. Tienes que ser mordido y drenado de sangre, luego, antes de morir, el vampiro tiene que compartir algo de su sangre contigo. Hay una combinación de dos virus que causa el cambio, uno en la saliva y otro en la sangre. Si no obtienes ambos, no te transformas ".

"¿Entonces eso es lo que te pasó?"

"Sí, pero no quiero hablar de eso. Es muy intenso para mí ... bueno, no quiero hablar de eso".

"¿Qué pasa con los hombres lobo?"

Su cerebro debe estar saltando de un lado a otro.

¿Quién podría culparlo?

"¿Qué hay de ellos?"

"Bueno, ¿también son reales?"

"No seas ridículo".

"Oh, ya veo, los hombres lobo son ridículos, pero los muertos vivientes son perfectamente normales".

"Oye, no soy un no muerto, amigo, estoy tan vivo como tú. Solo ... soy diferente".

"Sí, puedes decir eso otra vez".

Miró a Parker y, para su sorpresa, vio que él la miraba de otra manera.

Mierda, la estaba mirando.

Ella respiró hondo y captó una bocanada de interés de él.

Intenso interés sexual.

No había sentido algo así por un hombre en mucho tiempo, y tampoco se había dejado sentir por nadie.

Era inquietante.

"Por supuesto, mi exposición a los vampiros es muy limitada, pero las dos que he conocido han sido, bueno, muy atractivas. ¿Todos ustedes son siempre así?"

"Sí, más o menos".

"Eso tiene sentido para los depredadores, querrás ser tan atractivo para tu presa como puedas serlo. Me imagino un deseo de ocultar lo peligroso que eres junto con eso".

Ella lo miró de nuevo sorprendida y él se encogió de hombros.

"Veo muchas cosas de National Geographic Channel".

Sintió que comenzaba a mirarlo y obligó a sus ojos a volver a la carretera.

Ahora no era el momento para eso.

Él era mucho más inteligente y rápido de lo que ella había pensado al principio, ya le había regalado demasiada información al no darse cuenta de eso a tiempo.

Ella se preguntó si lo había hecho a propósito.

"Entonces, ¿qué tipo de alimentos regulares te gustan?"

"¿Qué?"

"Dijiste que también comes alimentos regulares, ¿qué tipo te gusta?"

"¿Por qué preguntas?"

Él se encogió de hombros.

"Solo estoy conversando. Tengo la sensación de que pasaremos mucho tiempo juntos en los próximos días".

"¿No vas a preguntarme cuál es mi signo?"

"Eso era lo siguiente".

Él le sonrió, fue la primera sonrisa amistosa y completamente descuidada que le había salido.

A ella le gustó mucho.

"Si quieres saber, mis favoritas son las comidas china e italiana".

"Genial, haré una lasaña para ti".

"¿Sabes cocinar?"

"¿Crees que con un nombre como Parker no puedo saber cocinar?"

"Bueno, eso es bueno porque no puedo hervir agua. Después de la boda puedes cocinar tú y yo ganaré el dinero".

¿La boda?

¿De dónde demonios había salido eso?

"Está bien para mí, estoy cansado de tener dolor en los pies".

"Pobrecito. ¿Quieres que te los frote?"

"Te lo haré saber."

Ella había observado su rostro antes de que él respondiera.

Había comenzado a hacer algún tipo de comentario sarcástico, luego cambió de opinión y salió con algo banal.

Tanto para mí.

"Oh", dijo como si recordara algo. "Quería preguntarte acerca de tu primera visita a mi departamento. Dijiste algo sobre bajar mi arma e íbamos a hablar y no recordaría nada. Por la forma en que lo dijiste, parecía que esperabas que lo hiciera. "

"Sí, esa es una de las cosas que los vampiros pueden hacer. Lo llamo empujar a hacer algo. Podemos, en un grado u otro, imponer nuestra voluntad a los no vampiros. Cuando te dije que bajaras tu arma para poder hablar, esperaba que lo hicieras. Iba a descubrir cuánto sabías, luego te daría algunos recuerdos diferentes y te enviaría en la dirección equivocada. Pero no funcionó en ti. Por una razón u otra eres resistente a ser empujado de esa manera ".

"Debo ser terco por naturaleza".

"Iba con la artillería pesada".

"Ahora suenas como mi compañero. O mi jefe. O a muchas otras personas que conozco".

"¿Hay alguna posibilidad de que sea verdad?"

"No hay duda."

Se detuvo en el estacionamiento de su hotel y estacionó.

Ella notó que él tenía su pistola en la mano mientras recogían su equipaje y se dirigían a su habitación.

Se alegró de ver eso.

Ese nivel de paranoia podría mantenerlo con vida.

CAPÍTULO 12

La habitación era en realidad un pequeño apartamento, con sala de estar, cocina, dormitorio y baño.

El edificio había sido construido con vampiros en el pensamiento, porque no había ventanas en el dormitorio y la puerta se cerraba firmemente.

Haciendo un escondite perfecto para dormir las horas del día.

Pudo ver a Parker revisando el lugar tan pronto como él entró.

Fue directamente al sofá y se dejó caer.

El pobre hombre debe estar exhausto.

Él dejó caer la cabeza hacia atrás y ella observó cómo se relajaban sus músculos.

Él estaba empezando a ser demasiado atractivo.

Ella tuvo que alejarse de él por unos minutos y poner la cabeza en orden.

"Escucha, tengo polvo de yeso de tu pared aun sobre mí, ¿te importaría si me doy una ducha rápida?"

Él respondió sin levantar la cabeza.

"Adelante. Estoy reclamando mi derecho al sofá y es posible que no me levante por días".

Sintió que se lamía los labios y obligó a su mente a irse, yendo a la habitación a buscar ropa limpia.

Entró en el baño separado y cerró la puerta con firmeza.

No iba a suceder.

Para nada.

Estaba demasiado confundido, demasiado inseguro de esta extraña situación.

Ella no se iba a aprovechar eso.

Solo lavarse y luego beber un poco de la pseudo sangre que estaba en el refrigerador.

Y dejar de pensar en lo bien que se veía tirado en el sofá.

Y cuánto quieres montarlo.

Mierda, para.

No eres una adolescente enamorada.

Qué te hace pensar que incluso esté interesado.

Esa era la parte razonable de su cerebro.

Una parte completamente diferente de su cerebro respondió con:

Oh, ¿sí? Sal y mueve tu trasero desnudo en su cara si crees que no está interesado.

Ella trató de ignorar eso, pero la imagen era demasiado fuerte para olvidarla por completo.

Y muy interesante.

Pero ella sabía de dónde venían los pensamientos y era demasiado terca para ceder ante ellos.

Se quitó la ropa sucia y se metió en la ducha.

Lavarse se sintió maravilloso.

Enjuagarse requería que se pasara las manos sobre sí misma, lo que se sentía deliciosamente sensual.

Eso provocó algunos otros pensamientos sobre sus manos en lugar de las de ella.

Cuando se dio cuenta de que estaba acariciando sus propios senos, se dijo a sí misma firmemente que lo detuviera y salió de la ducha.

Maldijo en silencio cuando vio que sus manos aparentemente tenían vida propia.

La ropa que había agarrado sin mirar eran sus jeans más ajustados y una camiseta con escote redondo.

Y sin ropa interior.

Se vistió y salió del baño, con la intención de ir a la habitación y buscar el sujetador y las bragas más feos que poseía.

Ella cometió el error de mirar hacia el sofá.

Jim se había tendido y estaba dormido, con los zapatos y los calcetines quitados y la chaqueta a un lado.

Antes de darse cuenta de lo que estaba sucediendo, estaba arrodillada a un lado del sofá mirándolo a la cara.

El Hambre surgió, más fuerte de lo que ella lo había sentido antes.

No le permitiría alejarse, y su propia naturaleza obstinada no le permitiría acercarse más.

Entonces se arrodilló allí, respirando con dificultad y temblando.

Fue el sonido de jadeo lo que despertó a Parker.

Abrió los ojos y vio la cara de Cindy a menos de una pulgada de la suya.

"¡Jesús! ¿Qué estás haciendo?"

Luego se detuvo y miró más de cerca.

Sus ojos estaban muy abiertos, sus pupilas estaban tan dilatadas que casi no podía ver ningún color en sus ojos.

Ella lo miraba como si estuviera fascinada.

¿Estaba temblando?

"Oye, ¿estás bien, Cindy?"

Se sentó y tomó sus brazos en sus manos para sacudirla ligeramente.

"¿Cindy? ¿Qué pasa? Oye, ¿estás ahí dentro?"

La sacudió de nuevo ligeramente.

Ella levantó las manos para agarrarle la cabeza y lo besó con fuerza.

Parker estaba demasiado asombrado para hacer algo.

Ella estaba tratando de devorar su boca con la de ella.

Fue el beso más hambriento y apasionado que había recibido ... bueno, nunca.

Ella se estaba moviendo.

Escuchó el sonido de la tela rasgándose.

Ella tomó sus manos entre las suyas y las llevó a sus senos.

Sus pechos desnudos.

Sus pechos desnudos, muy firmes, maravillosamente redondeados, bastante grandes.

Se alejó sorprendido.

Ella rompió el beso lo suficiente como para decir:

"Tócame. Necesito tus manos sobre mí".

Acercó las manos a sus senos, luego envolvió sus brazos alrededor de su cuello y volvió a tratar de tragarse la boca.

Sus pezones estaban rígidos.

Él pasó sus pulgares sobre ellos.

Solo para estar seguro, por supuesto, no porque él estaba tratando de ... ya sabes.

Ella gimió y soltó su cuello para poder agarrar su camisa y abrirla también.

Bueno, no era su favorita.

Además, sus manos se sentían realmente muy bien en su pecho.

Y sobre su estómago.

Y luego más abajo.

Le dio un apretón a su polla a través de sus jeans y rompió el beso.

"Me quieres", susurró y comenzó a abrir sus propios jeans.

Bueno, la verdad sea dicha, ahora lo hacía.

Ella le quitó la mano del pecho y la guió hacia abajo.

"Tócame aquí. Lo quieres. Puedes tenerlo. Puedes hacer lo que quieras conmigo".

Estaba mojada e hinchada.

Jesús, sí, lo quería.

Su coño.

Ella comenzó a tirar de sus jeans cuando su dedo se deslizó dentro y fuera de su coño mojado.

Ella metió la mano y envolvió sus dedos alrededor de su polla rígida.

Cuando sintió lo duro que estaba para ella, emitió un gruñido hambriento y dijo:

"Métemelo. Fóllame. Lo necesito".

Ella agarró su cabello y tiró de él hacia abajo sobre ella, guiando su polla dentro de su coño, luego agarró su culo con ambas manos y tiró de él más profundamente.

"Sí, sí. SÍ, AAAAAAAAAAAAHHHHHHHHHHHHH"

Wow, ella llegó al clímax casi de inmediato.

Ella se sacudió y se retorció debajo de él, su coño apretó su polla como si fuera a mantenerlo allí para siempre de ahora en adelante.

"Vamos, más. Fóllame. Vamos, no lo soporto".

Parker empujó sus manos, arqueando la espalda para poder empujarla con fuerza.

Sus manos se clavaron en su trasero, lo estaba atrayendo, todo su cuerpo estaba tenso y no había inteligencia en sus ojos.

Otro orgasmo se estrelló contra ella y sintió sus uñas clavándose en su trasero.

Su cuerpo respondió a sus súplicas mientras su mente se preguntaba qué demonios estaba pasando con ella.

La montó una y otra vez, golpeándola con todas sus fuerzas.

Cuando trató de reducir la velocidad y dejarla recuperarse, ella abrió los ojos y dijo:

"MÁS. MÁS".

Ella todavía lo estaba follando salvajemente, sin ninguna restricción.

Como era lo que ella quería, él forzó su boca hacia la de ella y la folló tan fuerte y rápido como pudo.

Ella gritó y él explotó en ella con un fuerte gemido de placer.

CAPÍTULO 13

Pasaron varios minutos antes de que pudiera levantar la cabeza para mirarla.

Ella respiraba con dificultad, los ojos cerrados y sonriendo.

Cuando sintió su mirada sobre ella, abrió los ojos y él la observó mientras lentamente volvía a la tierra.

De repente, una expresión de horror apareció en su hermoso rostro y se cubrió la boca con ambas manos.

"Oh Dios. Oh, Dios, qué hice. Oh, Dios. Jim, lo siento mucho".

"¿Estás bien? No es que me queje, pero qué demonios fue eso".

"Oh, mierda, Jim, lo siento mucho. No lo hice ... no pude ... mierda, mierda, mierda".

"Mira, cálmate, ¿de acuerdo? Respira hondo y dime antes que nada si estás bien. No te lastimé, ¿verdad?"

"No, nunca ... No, estoy bien. Mierda, esto es muy humillante".

No es exactamente lo que quería escuchar bajo las circunstancias de después haber follado.

Parker notó que todavía estaba acostado encima de ella, así que lentamente se deslizó hacia un lado.

Ella se puso de pie y desapareció en el dormitorio.

Parker se alisó la ropa, desechó la camiseta arruinada y sacó otra de su petate.

"¿Sería más fácil explicarlo desde allí?" gritó.

"No, yo ... diablos".

Ella volvió a salir, también con una camiseta nueva.

Esta era grande, le quedaba como un saco y no mostraba nada debajo del cuello.

No importaba, él sabía la calidad de lo que había debajo.

"Realmente nunca tuve la oportunidad de explicar cómo es ser un vampiro, pero hay algunas cosas que probablemente deberías saber".

"¿Crees?"

Parker se sentó en el sofá, después de un minuto de indecisión ella se unió a él.

Se sentó lo más cerca que pudo sin sentarse en su regazo, no se dio cuenta, pero Parker sí.

"Estoy segura de que no voy a explicar esto bien", comenzó, "así que por favor te paciencia conmigo y responderé tus preguntas lo mejor que pueda. Hay dos compulsiones poderosas y abrumadoras que los vampiros tienen que tratar con ellas. Las llamamos el Hambre y la Sed. La segunda probablemente la puedas entender. Si pasamos demasiado tiempo sin sangre, simplemente nos volvemos locos y atacamos a las personas. No es bonito, es peligroso y nos metemos en problemas si dejamos que suceda. Así que soy muy religiosa acerca de beber cosas artificiales cada dos días. La Sed nunca ha sido un problema para mí ".

"El Hambre es algo completamente diferente y es algo que no conocen mucho los no vampiros. Es, bueno, no puedo decirlo demasiado bien, pero es sexo. Los vampiros son muy intensos emocionalmente y estamos mucho más conectados con nuestro cuerpos que los que no son vampiros. Pero si sentimos una atracción por alguien, por lo general, alguien que no es vampiro, entonces, en momentos de estrés real, puede, bueno, apoderarse de nosotros. Eso es lo que sucedió. Yo ... básicamente te violé. Lo siento mucho. Fue algo terrible para ti. No volverá a suceder ".

"¿No lo hará?"

"¡No!" Ella lo miró incrédula. "Por supuesto que no. No debería haber dejado que sucediera esta vez, pero me pilló por sorpresa. Podría haber encontrado otra ... salida para ello, pero tardé demasiado en darme cuenta de lo que estaba sucediendo".

"Bueno, eso es una lástima. Después de superar la sorpresa, disfruté bastante. Y tú también parecías hacerlo".

"Oh Dios Todopoderoso, sí. Estuviste genial, pero estuvo muy mal".

"¿Te ha pasado esto antes?"

"No, nunca. Eres el primer chico con el que me pasa desde que me convirtieron".

"¿Soy el primer chico que te atrajo desde que te convertiste?"

"Bueno, no. Eres el primero con el que no me controlé"

"¡Ah, ja! Así que te sientes atraído por mí".

"¿Y? Dije que sí, ¿no?"

"Indirectamente. Solo quería escucharte admitirlo".

Ella tenía una mirada incrédula en su rostro y espetó:

"Eres un idiota, ¿lo sabes?"

"Sí, pero al menos ahora estás enojada en lugar de sentir pena por ti misma".

"No era ... bueno, tal vez era un poco".

"Genial. Entonces, si te digo que entiendo y acepto tu disculpa, ¿podemos dejar esto atrás? Tenemos otras cosas de qué preocuparnos".

"Sí, tienes razón. Necesito sacar mi cabeza de mi culpa".

"Bien. Y, por cierto, si tuviéramos que votar votaría para que vuelva a suceder. Mucho. Pero eso es para más tarde".

"Realmente eres un imbécil".

"Eso dijiste. Por cierto, yo también me siento atraído por ti, cuando no me estás mintiendo u ocultando las cosas".

"Está bien, está bien, ya terminé con eso".

"Bien. Entonces, ¿cuál es nuestro próximo movimiento?"

"Bueno, creo que estaremos bien para esta noche y obviamente estaremos bien durante el día. Así que vas a estar aquí por la noche donde puedo ponerte las manos encima. Quiero decir, donde puedo cuidarte ".

"Va a ser difícil encontrarla si los dos estamos aquí de noche, ¿no crees?"

"Mi apuesta es que se está yendo de la ciudad ahora mismo. Le daré uno o dos días para estar segura, pero estoy bastante segura de que siguió adelante".

"No me quejaré de eso. Después de verlas a las dos golpearse la una a la otra, prefiero mantener mi distancia de ella".

"¿No te dije que te mantuvieras alejado de ella?"

"¿Con eso es con lo que vas ahora? ¿Te lo dije? Dios, eres peor que mi esposa. Solo dame una palmada y termina de una vez".

"No me tientes. ¿Estás casado? Nunca pregunté".

"No, ya no. Ella me cambió por un modelo que no era policía".

"¿Te refieres a un modelo idiota?"

"Por supuesto. ¿Y tú? ¿Se casan los vampiros?"

"No usualmente. Uh, bueno, bien podría decírtelo. Estuve casada hace mucho tiempo, pero Jaqueline puso las manos sobre mi esposo y lo convirtió. No hizo la transición bien. En realidad, lo volvió loco. Eso sucede a veces a las personas que no son guiadas a través del proceso. De todos modos, se volvió y vino a buscarme. Él ... uh, bueno, no fue divertido para mí. Pero el resultado final fue que se convirtió y yo..." Ella dudó, obviamente desgarrada, y luego se apresuró. "Mierda..."

"No tienes que decirme si es demasiado doloroso".

"No, quiero que lo sepas. Desapareció, pensé que se había escapado con su secretaria o algo así, pero ella lo había agarrado. Un par de días después, llegó a casa tarde en la noche y yo estaba muy feliz. Al verlo no me importaba dónde había estado. Me dijo todo tipo de mierda, cuánto me amaba y me quería y lo sentía. Me empujó hacia la cama. Realmente no me importó, estaba tan aliviada de que estuviera en casa que realmente no me di cuenta de lo que estaba pasando. Tal vez estaba haciendo que eso sucediera. De todos modos ... mientras me estaba follando, me mordió. Mientras estaba inconsciente, puso algo de su sangre en mi boca."

Ella se encogió de hombros incómoda. Parker puso su mano sobre la de ella y la apretó con fuerza.

"Lo siento. Sé que no sé si es adecuado decirlo, pero lo siento".

"Gracias. Supongo que se podría decir que rastrearla es algo personal. Yo no quería que mi esposo se convirtiera".

Parker sintió que ella le apretaba la mano con fuerza.

Luego se inclinó y apoyó la cabeza sobre su hombro.

"Gracias por decírmelo, sé que no fue fácil decirlo".

"Es fácil hablar contigo, no sé por qué, pero me siento cómoda hablando de esta mierda contigo".

El primer impulso de Parker fue decir:

"Bueno, soy policía, es parte de mi trabajo".

Pero eso no se sentía bien.

Como si él hubiera estado reduciendo su atención a su profesión.

Entonces dijo:

"Me alegra que te sientas así".

Y lo dejó así.

"Uh, lamento mucho lo de antes".

"¿No acordamos dejar eso atrás?"

"Sí, tienes razón. Y me gustaría volver a hacerlo también. Mucho".

Parker se rio entre dientes.

"Bueno, tal vez después de que este lío se haya solucionado, podemos hacerlo. Por cierto, ¿dónde vives?"

"En la ciudad de Nueva York. La mayor población de vampiros del mundo está allí. Es mucho más fácil ocultar nuestras actividades en una gran ciudad".

"Apuesto a que también hay un montón de ustedes en Las Vegas".

"¿Como supiste?"

"No lo sé. ¿Las Vegas y los vampiros? Parece un buen ajuste".

Ella se rió, Parker encontró el sonido sorprendente.

"Debes estar exhausto, has tenido un día largo y extraño".

"Bueno, estaba durmiendo bastante bien, pero alguien me despertó. No estoy nombrando ningún nombre".

Ella se levantó y tiró de su mano.

"Vamos, ponte cómodo en la cama. Voy a hacer algunas llamadas y revisar algunas cosas mientras duermes".

Mientras la seguía a la habitación, Parker dijo:

"No eres el único vampiro en la ciudad que la busca, ¿verdad?"

"No, pero soy el único que vas a conocer. Ahora, deja de mirarme el culo".

"¿Cómo demonios lo sabías?"

"Eso es para que yo lo sepa y tú lo descubras. Acuéstate".

Parker le sonrió y se acostó.

Ella se unió a él en la cama y terminaron acostados de lado, uno frente al otro.

Estiró el cuello y besó el extremo de su nariz, lo que la hizo reír de nuevo.

"Entonces, ¿solo te acostarás allí y me verás dormir?"

"Sí, por un tiempo".

Ella le dedicó una sonrisa suave y le acarició la mejilla.

"Para ser un imbécil tienes una cara bonita".

"Acabas de decir algo muy agradable e insultante al mismo tiempo".

"Es un regalo. Cierra los ojos".

"Tendrás que entrar aquí cuando salga el sol, así que despiértame antes y me acostaré en el sofá".

"Listo para dormir..."

Parker se volvió hacia el otro lado y cerró los ojos.

Sintió que Cindy se acercaba hasta que se presionó contra su espalda, deslizó un brazo debajo de su cabeza y el otro alrededor de su cintura.

Estaba pensando en lo agradable que se sintió cuando sintió que se dormía como si hubiera sido golpeado por un ladrillo.

CAPÍTULO 14

Según lo prometido, ella lo despertó antes del amanecer y él entró en la sala de estar.

Trató de dormirse un poco más, pero no pudo hacerlo, así que simplemente se levantó.

Se duchó, se afeitó, y se vistió con ropa limpia.

Cindy había hecho unas llamadas después de que se hubiera quedado dormido, y le había dejado notas sobre lo que había aprendido.

No hay señales de su presa, pero no parecía que hubiera abandonado la ciudad todavía.

¿Cómo sabrían si ella lo hubiera hecho ?, se preguntó.

Alrededor de las ocho y media de la mañana llamó a su teniente y le dijo que no se sentía bien y que se tomaría el día libre.

"Está bien, hombre, tienes menos tiempo enfermo que cualquier otra persona en el escuadrón. Oh, ¿has tenido noticias de Andy? Se suponía que debía comenzar hoy, ¿no?"

"No, no he sabido nada de él. ¿Quieres que lo llame o vaya a verlo?"

"No, lo llamaré yo. Quizás durmió tarde o algo así".

"Tal vez fue secuestrado por gitanos".

"Probablemente, ha habido todo secuestros por gitanos. No te preocupes por eso, él aparecerá. Cuídate".

"Lo haré, gracias."

Parker siguió cabos sueltos después de eso.

Cindy le había dejado una computadora portátil con instrucciones sobre cómo iniciar sesión, por lo que la usó para revisar los sitios web del periódico local.

Nada obviamente extraño reportado sobre ninguno de ellos.

Las noticias de televisión tampoco tenían nada.

Asumió que eso era bueno y se preguntó si la oscura organización que Cindy cuidadosamente no le había contado tenía algo que ver con eso.

A pesar de tener cocina no había comida en la pequeña suite, así que alrededor del mediodía salió a almorzar.

Después de eso regresó, leyó de nuevo el papel que le había dejado Cindy, luego lo extendió sobre la mesa de café y limpió todas sus armas cuidadosamente.

La Magnum que el departamento conocía, la otra que no, y la pequeña de seis disparos que mantenía atada a su tobillo.

Tenía la sensación de que las iba a necesitar pronto.

Alrededor de las dos de la tarde su celular sonó, era su llamada de teniente.

"Escucha Jim, ¿podrías pasar por la casa de Andy? Algo ha sucedido y te necesito allí".

"¿Qué es?"

"Te lo diré cuando llegues aquí. Es ... es malo, Jim. Realmente malo".

CAPÍTULO 15

El apartamento apestaba al olor metálico de la sangre.

En la habitación, Parker podía ver por qué, ya estaba por todas partes.

La cama estaba empapada de ella.

Y había salpicado en las paredes.

Demonios, había sangre hasta en el techo.

Andy yacía desnudo en el centro de la cama.

Había sido eviscerado.

Sus entrañas estaban desplegadas por los costados de la cama y por el suelo.

Su garganta se había desgarrado.

No cortado, rasgado.

Su rostro estaba intacto.

Claramente, quien lo había matado no quería ninguna duda sobre su identidad.

Parker se paró a los pies de la cama y observó la escena de la casa de su compañero.

Sus puños estaban cerrados y estaba temblando de rabia.

¿Quién lo había hecho?

No había duda de quién lo había hecho.

Otros policías y técnicos de emergencias médicas se quedaron y se ofrecieron mutuamente.

Todos estaban conmocionados.

Todos menos Parker.

Parker no estaba sorprendido.

Parker estaba furioso.

Quería decirle al teniente lo que podía sobre la situación.

Quería contarlo todo, pero sabía cómo se recibiría eso.

¿Vampiros?

Maldición, Jim, debes estar más molesto de lo que pensaba.

Tómate una semana.

Toma un Valium.

Tómate la jubilación.

No.

La perra tenía que morir e iba a hacerlo.

Así que no dijo nada.

Se excusó tan pronto como pudo y salió a sentarse en el capó de un auto policial estacionado en la calle para poder llamar al celular de Cindy.

"Escucha, espero que revises tu correo de voz tan pronto como estés despierta. Mi compañero está muerto. No hay duda de lo que pasó. No sé cómo descubrió a quién matar para llegar a mí, pero lo hizo. Ella le mató. Es horrible". Él le dio la dirección. "Ven cuando puedas. Estoy perfectamente a salvo aquí, hay veinte policías alrededor".

CAPÍTULO 16

Verificó su correo de voz tan pronto como se levantó y vio la nota que le había dejado.

Estaba allí casi cuando el sol estaba completamente abajo.

Ella se dirigió directamente hacia él y lo abrazó con fuerza.

"Jim, lo siento mucho. Es mi culpa, supuse que ella huiría como siempre lo había hecho. Nunca se me ocurrió que podría hacer algo tan conspicuo".

"No es tu culpa, no hay forma de que pudieras haber predicho algo como esto. Sin embargo, ¿cómo sabía ella de Andy? No podía venir detrás de mí, no sabía dónde estaba, pero ¿cómo sabía que él era mi compañero?

"No lo sé. Ella debe haber ... no, eso no es posible. No lo sé, Jim, ojalá lo hubiera sabido. Te lo prometo, la atraparemos".

"Sí, voy a arrancarle la cabeza".

"Bueno, no voy a tratar de convencerte de que me dejes manejar esto, hasta ahora he hecho un trabajo de mierda".

"No te culpes a ti misma".

"Disculpe, ¿detective Parker?"

Parker se volvió y vio a un joven patrullero desconocido cerca.

"¿Qué pasa, oficial?"

"Tal vez quiera venir a ver esto, señor".

El joven los condujo al estacionamiento debajo del edificio.

En el rincón más alejado había varios contenedores de basura.

Cuando se acercaron, el joven oficial se volvió, sacando su arma y apuntando directamente a la cabeza de Cindy.

En el mismo momento, Anderson salió de detrás del contenedor, sonriendo desagradablemente.

CAPÍTULO 17

Parker fue a tomar la Magnum debajo de su abrigo, pero cuando sus dedos tocaron el mango, Anderson le miró a los ojos y todos los músculos de su cuerpo se bloquearon.

Se sintió como un calambre sobre todo su cuerpo.

Quería gritar, pero no podía abrir la boca.

"Buen chico", le dijo al joven, "Lo has hecho bien. Estoy muy feliz contigo".

El chico sonrió.

Parker no podía ver ningún tipo de brillo inteligente en sus ojos.

"¿Así es como hiciste todo esto?" Cindy rugió. "Tomaste a un joven agradable y convertiste su cerebro en avena".

"Sí, por supuesto. Ahora quédate muy quieta o él pintará la pared con tu cerebro. No querrás eso, ¿verdad?"

La sonrisa del joven creció, pero ni su puntería ni su mirada en Cindy flaquearon.

Con calma, Anderson se acercó a Parker y le puso la mano sobre la garganta.

Ella apretó un poco y él se esforzó por agarrar su mano y romperle todos los huesos.

"Pon tus esposas en ella ahora. Ella se comportará o verá como él muere". Anderson dijo con calma.

"¿Por qué me importaría comportarme por una mierda por él?" Cindy preguntó.

"Porque puedo oler tu coño sobre él. Eres su pequeña puta ahora, ¿no? No harás nada que lo ponga en peligro".

Cuando el oficial le puso las esposas en las muñecas de Cindy, Anderson le dijo a Parker:

"¿Te dijo que convertí a su marido? Era un patético gusano, pero muy sabroso".

Cindy lanzó un grito de rabia inarticulado.

Parker todavía no podía.

Estaba loco para clavarle los dedos en los ojos.

Anderson le sonrió como si ella pudiera sentirlo.

Se volvió hacia su títere y dijo:

"¿Te gusta? ¿Por qué no le aprietas las tetas para el detective Parker, para que él pueda ver lo que le vas a hacer?"

El joven se paró detrás de Cindy y extendió la mano para agarrarle las tetas con rudeza.

Parker imaginó la sangre que brotaba de la garganta de Anderson.

Ella sonrió de nuevo, luego fue a apoyarse contra la pared.

"Ven aquí y muéstrame cuánto te gusta mi cuerpo".

Jim caminó hacia ella y tomó sus senos en sus manos tan suavemente como si fuera una amante.

La acarició con ternura mientras imaginaba arrancándolas y empujándolas por su garganta.

"PERRA", gritó Cindy y Anderson se echó a reír.

"Esto es suficiente, paren los dos. Los hombres son tan fáciles de manipular, ¿no crees?" Ambos hombres retrocedieron. "Es una pena que te lo hayas follado", le dijo a Cindy, "iba a usar eso para tener el control completo de él, pero eso no funcionará ahora, así que tendré que ir por otro camino. Él ganó, pero tú no lo disfrute en absoluto, ¿verdad? Pero lo haré. Súbela a tu automóvil y sácala de la ciudad, hacia un lugar tranquilo ", le dijo al joven oficial. "Cuando llegues allí, inclínala sobre el capó de tu auto y fóllala por el culo. Luego déjala allí al sol. El detective Parker y yo estaremos disfrutando aquí".

El oficial tomó a Cindy por el brazo y comenzó a arrastrarla.

"¡Jim!"

Ella volvió a llamarlo.

Luchó y el oficial tuvo que agarrar un puñado de su cabello para sacudirla.

Ella maldijo furiosamente mientras él la arrastraba lejos.

No había mucho que pudiera hacer con su pistola presionada contra su sien.

CAPÍTULO 18

Parker la perdió de vista justo después de eso porque Anderson lo golpeó con fuerza en el estómago.

La fuerza de su golpe lo inclinó.

El único sonido que pudo hacer fue un gemido profundo.

Ella agarró su cabello y le levantó la cabeza.

"Tal vez ella no te lo dijo. Hay dos caminos abiertos para mí, el placer o el dolor. Ya que jodiste a esa pequeña puta, el placer ya no está disponible para mí, así que iremos con dolor. Y mucho de eso. Pero no puedo dejarte gritar, llamaría demasiado la atención ".

Y continuó por un tiempo, Parker no pudo decidir cuánto tiempo.

Demasiado largo.

Ella mantuvo su rígido control sobre él todo el tiempo.

Nadie pasó por allí.

Nadie se dio cuenta de nada.

***

Eventualmente él estaba acostado de espaldas con ella inclinada sobre él, mirándolo profundamente a los ojos.

Ella sonrió y él sintió que el control de su cuerpo regresaba.

"Creo que estás listo ahora. Dile adiós a tu cerebro".

Si no se hubiera roto tanto su pierna derecha, no habría podido alcanzar la funda del tobillo.

El chasquido del martillo que la cargaba hizo que comenzara a girar la cabeza para mirar.

La presión del cañón contra su frente la hizo congelarse.

Sus ojos se abrieron y Parker pensó que vio pánico allí.

Quería disfrutarlo por un tiempo, pero ella era demasiado peligrosa.

Él consideró solo arrestarla, pero ¿bajo qué cargo?

¿Succionar sangre?

No.

No era práctico en este momento de todos modos.

Él apretó el gatillo.

La pistola se disparó.

Su cerebro se dispersó por todas partes.

A diferencia de las películas, ella no se convirtió en polvo que se fue volando.

Ella se convirtió en un cadáver (anteriormente) muy atractivo y se derrumbó sobre el sucio pavimento.

Parker solo recordaba que después alcanzó su teléfono.

Pero no recordaba haberlo encontrado.

CAPÍTULO 19

Las salas de emergencias siempre tienen ese aroma muy distintivo, un limpiador antibacteriano combinado con enfermedades.

Es imposible no identificarlo.

Entonces Parker sabía que estaba en un hospital antes de que abriera los ojos.

Lo primero que vio fue a una mujer vestida con un uniforme quirúrgico, parada a los pies de su cama escribiendo en un portapapeles.

Luego sus ojos cambiaron a la complicada disposición de cables y poleas unidas a su pierna derecha.

¿Era eso lo que lo hacía doler tan abismalmente?

"Bienvenido de nuevo, señor Parker. ¿Cómo se siente?"

"Me duele la pierna", ¿estaba su voz ronca?

"Me imagino que sí. No se preocupe, tenemos al mejor cirujano ortopédico del estado en camino. Le va a llenar la pierna con varillas y tornillos, pero después de eso le dolerá menos. También necesito decirle no te preocupes por el seguro ni nada de eso. Tienes un ... benefactor que se encarga de todo ".

¿Eh?

"Estoy seguro de que te sientes un poco confuso en este momento, estás hasta las cejas en analgésicos".

"¿Alguien me está buscando?"

"Todavía no. Hablé con tu jefe, él está en camino, pero vas a someterte a una cirugía en unos minutos. También tienes otras lesiones, pero tu pierna es la principal preocupación en este momento".

"¿Qué tal una linda enfermera?"

La mujer le dedicó una sonrisa de complicidad.

"Olvídalo. No te sentirás muy juguetón por un par de semanas".

Quería hacer una broma al respecto, pero los analgésicos se combinaron con la fatiga y se desmayó de nuevo.

***

Despertarse la segunda vez fue más fácil.

Le palpitaba la pierna.

¿No se suponía que dolería menos?

¿Qué estaba pasando con su mano izquierda?

Abrió los ojos y giró la cabeza.

Cindy estaba allí.

Ella sostenía su mano izquierda entre las suyas, presionándola entre sus senos.

Tenía los ojos cerrados.

¿Estaba rezando?

"¿Eres la linda enfermera que pedí?"

"Oh, gracias a Dios. ¿Estás bien?"

"¿Yo? Perfectamente. Tienen buenas drogas en este lugar". Sus orejas estaban torcidas y todo parecía muy suave.

Ella sonrió y le apartó el pelo de la frente.

"Estaba tan preocupada por ti."

Parpadeó y tosió para aclararse la garganta.

"Yo también estaba preocupado por ti. ¿Creí que dijiste que era resistente a empujarme?"

Hizo un gesto al vaso de agua sobre la mesa y ella lo sostuvo para él mientras sorbía la paja doblada.

"Lo eras cuando intenté empujarte, pero no soy tan fuerte en esa área. Obviamente lo fuiste. Lo eres".

"Me alegra que estés bien, pero ¿qué pasó contigo?"

"Ese pobre tipo me puso en su auto y comenzó a conducir. Estábamos en la carretera interestatal a las afueras de la ciudad cuando se detuvo y se derrumbó. No creo que le quedara mucho después de que ella terminara con él y cuando la mataste, él simplemente dejó de funcionar. De todos modos, el auto atravesó una barrera y pasó por una subida antes de detenerse. Tuve que romper el cinturón de seguridad, patear la puerta, luego abrir su puerta para poder arrastrarlo. Después tomé sus llaves para poder desbloquear las esposas. Me tomó una eternidad. Cuando lo logré, el sol estaba saliendo, así que tuve que meterme en la cajuela y esperar que pasara el día. Oh, deja de lucir así. Pasé días en sitios menos cómodos. Estoy bien, de verdad ".

"Bien, me alegro. ¿Cómo me encontraste?"

"Oh, todavía tenía mi teléfono celular. Pude llegar y hacer algunas llamadas, antes que nada. Le dije a mi gente dónde estabas y qué estaba pasando. Llegaron allí justo después de que llamaras y te trajeran aquí. Después de que se puso el sol vinieron y me rescataron ". Ella le apretó la mano. "No tienes que preocuparte por nada, Jim. Ellos cubrirán tus gastos, arreglarán tu departamento y te darán una historia creíble para tus jefes. Insistí en eso mucho. Y hablé con tus médicos, vas a estar bien, pero están un poco preocupados por tu pierna. Está bastante mal".

"Me preocuparé por eso más tarde. Gracias por cuidarme".

"Te debemos mucho. ¿Tienes dolor? La pequeña cosa que hace clic aquí te dará una inyección de morfina si es así".

"En un minuto. Estoy muy contento de verte".

La preocupación en su rostro desapareció y ella le dedicó una sonrisa radiante antes de inclinarse para darle un beso largo y profundo.

Cuando ella se apartó, él dijo suavemente:

"Mejor no hagas eso, se supone que no debo sentirme juguetón por un par de semanas. Órdenes del médico".

"Al diablo con el doctor". Ella lo besó de nuevo. "Y puedes olvidarte de las enfermeras bonitas, ¿aquí estoy, Parker? Prefieres enfermeras o me pongo violenta".

"¿Otra violenta mujer vampiro? Ahórramelo".

"Eres un cobarde".

Ella lo besó con fuerza otra vez, luego retrocedió un poco y le acarició la cara suavemente.

"Pero tú eres mi cobarde".

Eso parecía bastante posesivo, pero una punzada en su pierna lo sacó de su mente.

Debió de mostrarse en su rostro porque Cindy pasó de alegre a preocupada.

"Estoy bien, no te preocupes. ¿Pero dónde está ese pulsador?"

Ella se lo pasó y él presionó el botón.

"Probablemente me dejará inconsciente para que no tengas que quedarte si tienes cosas que hacer".

Ella sonrió,

"Puedes dejar de tratar de deshacerte de mí, no voy a ir a ningún lado".

Él le apretó la mano.

CAPÍTULO 20

Un par de noches después, ella entró más reservada.

"Jim, mi jefe está aquí y quiere hablar contigo. Bueno, no mi jefe realmente, es más complicado que eso".

"¿Oh? Bueno, claro, que pase".

Ella se inclinó cerca.

"Cariño, él es viejo incluso para un vampiro. Ha existido durante siglos, nadie está seguro de cuánto tiempo y no lo dice. Entonces, no seas demasiado ... uh"

"¿Yo mismo?"

"Iba a decir demasiado listillo, pero sí".

"Relájate, he hablado con alcaldes y gobernadores en mi tiempo de policía. No te avergonzaré".

Su jefe era un hombre guapo, de piel verde oliva, ojos oscuros y cabello gris.

Llamativo en apariencia, pero fue su presencia lo que llamó la atención.

Había algo en él.

El poder estaba cerca pero no realmente.

¿Una expectativa de que sería escuchado y obedecido?

Algo como eso.

Era intimidante.

A Parker le desagradó eso.

Su traje y zapatos probablemente costaban más de lo que Parker ganaba en cinco años.

"Detective, ¿cómo se siente?"

"Bien, gracias. Bueno, tan bien como puedo bajo estas circunstancias".

"Bien. Si necesita o quiere algo, simplemente pregunte. He dado instrucciones al hospital para que le proporcionen lo que sea necesario. Me han dicho que se han completado las reparaciones de su apartamento. Algunos de sus muebles y su televisor se dañaron en el altercado. Los reemplazos se entregarán mañana. Confío en que sea adecuados"

"No, eso es espectacular. Aprecio la generosidad".

"Le debemos una buena, Detective. Su manejo de esta situación y su discreción fueron más de lo que podríamos haber esperado".

"Bueno, tenía también una participación personal en esto".

"Ah sí, entiendo. Mis condolencias por la pérdida de su pareja. ¿Tenía familia?, ¿sabe?"

"Sus padres. No estaba casado".

"Veré que reciban una gran compensación por esto. No es suficiente, por supuesto, pero es lo único que podemos hacer ya".

"Realmente aprecio eso. Estaba muy unido a sus padres, la pérdida será difícil para ellos".

"No piense en eso. ¿Necesita algo más?"

"Bueno, pedí una enfermera bonita, ya que Cindy vetó eso".

Él sonrió y se rió cortésmente, luego se volvió hacia Cindy.

"Señora Madison, ¿nos disculpa por unos momentos? Necesito hablar con el detective de hombre a hombre. ¿Quizás podría tomar un café?"

"Está bien James", le dirigió a Parker una mirada suplicante cuando se fue, él asintió con la cabeza para consolarla.

"Obviamente, deseo hablar con usted sobre Cindy. ¿Cuánto sabe sobre vampiros, detective?"

"No mucho, solo lo que me dijo y lo que vi".

"Sí. Los vampiros son diferentes a los humanos en muchos aspectos, pero lo más significativo es cómo experimentan y reaccionan ante las emociones. Y esto es particularmente cierto en los vampiros convertidos jóvenes, como Cindy".

"Las emociones son muy poderosas para nosotros, de hecho, pueden ser abrumadoras. Y las emociones que sienten por los demás casi nunca se desvanecen, por lo que un sentimiento de amor poderoso siempre será poderoso. Ahora, conozco a Cindy desde hace casi cien años y tú eres el primer hombre con el que se ha permitido perder el control. Obviamente está profundamente atraída por ti, tanto emocional como físicamente. Si puedo ser franco, ¿han tenido relaciones sexuales? "

"Bueno, para ser honesto, sí".

"Pido disculpas, no es asunto mío, pero es importante que lo entienda. Nunca hubiera permitido que sucediera si no se sintiera atraída hacia usted físicamente. Y, como resultado, obviamente está bastante encaprichada de usted. Ahora, un enamoramiento en un vampiro podría ser casi como una obsesión en un humano. Puede que ni siquiera se dé cuenta, pero solo será feliz cuando estén juntos. Y cuando no estén juntos, estará pensando en usted ".

"Wow, no tenía idea. Eso es un poco ... bueno, mucho intimidante".

"Puedo ver cómo sería, sí".

"¿Qué tengo que hacer?"

"Haga lo que haga, no le mienta. No finja sentir algo que realmente no siente. Ella lo sabrá y la lastimará aún más. Es probable que sea posesiva y algo celosa de cualquier otra mujer". "

"¿Eso es peligroso?"

"No, no lo creo. Pero se lastimaría fácilmente, incluso por algo que le pareció menor. Si, por ejemplo, una de las enfermeras de aquí coqueteara con usted delante de ella, Cindy podría molestarse. Sin embargo, si es usted el que coquetea con otra mujer, eso la lastimaría mucho ".

"¿Entonces debería parar con los bonitos comentarios de las enfermeras?"

"Lo recomendaría, sí".

Parker asintió con la cabeza.

"Aprecio el consejo. Me gusta mucho Cindy. Ella ha estado aquí toda la noche, todas las noches desde que me trajeron. Hemos hablado mucho y cuanto más la conozco, más he llegado a querer conocerla más, como ella. Sí, siento afecto por ella. Bastante ".

"Bien, me alegro. Cindy es especial para mí. Ha sido infeliz desde que la conocí, es bueno pensar que podría encontrar algo de alegría en su vida".

"Lo haré lo mejor que pueda."

"Estoy seguro de que lo hará. Debo irme, gracias por su tiempo, detective. Y, nuevamente, gracias por ocuparse de este problema por nosotros".

"De nada."

CAPÍTULO 21

Cindy entró cuando él se fue, y pareció un poco vacilante hasta que Parker le tendió la mano.

Ella cruzó la habitación más rápido de lo que él pudo ver.

Una vez que estaba en la puerta, parecía preocupada.

Lo siguiente que vio fue verla ya junto a la cama, agarrando su mano con fuerza e inclinándose para besarlo.

Parker consideró hacer una broma sobre no querer una enfermera bonita después de todo.

Consideró decirle cómo se sentía por ella.

Consideró decir varias cosas, pero decidió no hacerlo.

Cuando ella se apartó, él enterró su mano libre en su cabello y la tiró hacia abajo para otro beso.

Este más largo y mucho más profundo.

Ella dio un suspiro de felicidad antes de alejarse de él y sonreír perversamente.

"¿Por qué detective Parker? ¿Te sientes juguetón?"

"Probablemente más juguetón de lo que debería ser, pero no me importa".

"Yo tampoco. Pero será mejor que no me beses tanto o toda la sala nos escuchará".

Él le devolvió la sonrisa malvada con una de las suyas.

"¿Ah sí? ¿Qué van a escuchar?"

"Gritos. Gruñidos. Más gritos. Gimoteos. La cama derrumbándose. Y yo corriéndome como un volcán".

"Bueno, eso es tentador, pero tal vez deberíamos esperar. Dudo que la generosidad de tu jefe se extienda para reemplazar esta cama".

"Aguafiestas."

"Lo sé."

"Te gusta mi trasero, ¿no?"

"Por supuesto, por eso mi mano estaba sobre ello".

"Bien, devuélvela".

"¿Tu trasero?"

"No, tonto, tu mano".

Extendió la mano.

"No entiendo. Mi mano está justo aquí en mi brazo".

Ella dio un suspiro de frustración.

"¿Estás aturdido por los analgésicos? Pon tu mano nuevamente en mi trasero".

"Apenas nos conocemos. No hago cosas así en una primera cita".

"Mierda, la primera vez que estuvimos solos rogaste para tocar mi trasero".

"No, la primera vez que estuvimos solos te apunté con un arma".

"Freud diría que tu arma era una extensión de tu pene. No es que tu pene necesite ser extendido. Quiero decir, apenas puedo tomar todo como está. ¡Jim! ¡Te estás sonrojando! Te hice sonrojar como un colegial ".

"No lo hiciste, eso fue un rubor de ... anticipación sexual".

"Mentiroso."

Ella agarró su muñeca y le puso la mano en su culo.

Él le sonrió y la apretó con fuerza.

Ella rodó los ojos escandalosamente y se inclinó para besarlo, luego pasó la mano por su mejilla.

"Necesitas un afeitado".

"Necesito darme una ducha."

"Ooh. ¿Alguna vez has tenido un baño de esponja, detective?"

"No, y realmente dudo que sea una buena idea. Toda la sala nos escucharía".

"Estar en el hospital realmente está interfiriendo con la satisfacción de mis deseos carnales, ¿sabes?"

"¿Qué significan todas esas grandes palabras?"

"Significa que cuando salgas de aquí vamos a follar como animales".

CAPÍTULO 22

Su apartamento había sido más que reparado, había sido mejorado.

Toda la alfombra era nueva, todos los electrodomésticos eran nuevos, todos sus muebles algo viejos habían desaparecido y habían sido reemplazados por piezas de primera línea.

Tenía un enorme televisor nuevo de pantalla plana y un nuevo sistema estéreo.

Todas las habitaciones habían sido pintadas.

Todo era mucho más de lo que había esperado.

Preparar lasaña mientras estaba parado en una muleta había sido un desafío.

Fue bueno que comenzara mucho antes de que se pusiera el sol.

Acababa de meter la sartén en el refrigerador y cerrando la puerta cuando vio a Cindy parada en la sala de estar mirándolo.

Llevaba un vestido muy ajustado y muy corto y estaba parada en una pose estilo Mujer Maravilla, con las manos en las caderas.

"Hola Cindy."

"Cómo que 'hola'. ¿No te dije que te traería a casa? ¿No te dije que te ayudaría a volver aquí?"

"Nena, me dieron de alta a las nueve de la mañana. ¿Qué se suponía que debía hacer, esperar fuera del hospital todo el día hasta que se pusiera el sol?"

"Podrías haberles dicho que esperaran, lo habrían hecho".

Cojeó hacia ella.

"Me estaba volviendo loco en ese lugar, después de cuatro semanas de atiborrarme de televisión diurna tenía que salir de allí. Estuvo bien. Yo ... ¿cómo se dice? Tenía que regresar a casa".

"Tú eres un idiota."

"Eso ya lo has dicho antes. ¿Qué tal un beso?"

"Prefiero besar el culo de un rinoceronte".

"Bueno, déjame ver si puedo encontrar uno".

Regresó cojeando a la cocina y salió con dos botellas de cerveza.

Le ofreció una y dijo:

"Esto es lo mejor que puedo hacer".

Ella hizo un sonido frustrado.

"¿Por qué estás tan enojada?"

"Quería llevarte a casa. Quería ayudarte a ubicarte. Estás saltando sobre una muleta como si no fuera nada y podrías caer y lastimarte gravemente".

"Estoy bien, me has estado cuidando por mucho tiempo".

"Estás como una mierda".

"Pensé que era como un imbécil".

"Cállate. Estás como las dos cosas".

"Está bien. Me voy a sentar en mi nuevo sofá. ¿Quieres unirte a mí?"

"No."

Su ira y su rechazo no fueron del todo sinceros porque ella sostuvo uno de sus brazos para ayudarlo a estabilizarse mientras él se dirigía al sofá y se sentaba.

Se sentó a su lado, lo más cerca que pudo.

Ella vio varias punzadas de dolor en su rostro cuando él colocó su yeso sobre la almohada sobre la mesa de café, y al instante se mostró solícita.

"Te duele..."

"Estoy bien, de verdad. Tengo una pierna rota, así que a veces me va a doler".

"Lo sé, pero odio verlo. Y lamento haberte llamado una mierda cuando estás herido".

"Está bien, nena. ¿Y todavía soy un imbécil?"

"Si."

"Bien, no quisiera que te ablandaras conmigo".

"No hay posibilidad de eso. ¿No te hiciste una radiografía hoy?"

"Sí. El médico está bastante seguro de que no necesitaré un bastón, pero probablemente seguiré cojeando, incluso después de la fisioterapia". Ella hizo una mueca. "Está bien, realmente, puedo lidiar con eso. El problema es que probablemente no pueda cumplir con los requisitos físicos para mantener mi puesto en el trabajo".

"Oh no. ¿Qué significa eso?"

"Significa que ya no podré seguir siendo un detective, tendrán que encontrar algo más para mí. Mencionaron algún tipo de puesto administrativo. Y, curiosamente, también mencionaron instructor de Técnicas de Investigación en la academia".

"Eso tiene posibilidades".

"Bueno, siempre hay una opción número tres. Me quedo en casa y cocino y tú traes a casa el dinero".

"Estarías loco en una semana".

"Más que probable." Echó un vistazo a su reloj. "Debería poner la lasaña para que se pueda cocinar".

"Delicioso. No, quédate quieto. Lo haré yo".

Él la miró perezosamente cuando ella encendió el horno y deslizó la sartén.

¿Se inclinó así intencionalmente?

Probablemente.

"Bonito vestido."

Ella brillaba ante su cumplido.

"¿Te gusta? Lo compré pensando en ti".

"Me gusta mucho. Es la combinación perfecta de elegante y ridícula".

"Por eso lo tengo. Oh, en caso de que no lo hayas notado, no estoy usando ropa interior".

"¿Y? Ya supuse eso".

UH oh.

Ella está de vuelta en la pose de Mujer Maravilla.

"¿Qué diablos se supone que significa eso?"

"No tenías ropa interior en aquel momento en el hotel. Simplemente asumí que nunca usabas ninguna".

"¿Nunca? ¿Qué clase de puta crees que soy?"

"No creo que seas una puta. Creo que eres una mujer hermosa e inteligente que no usa ropa interior".

Abrió los ojos con fingida inocencia.

Ella mantuvo fija la suya.

"¿Cuánto tiempo necesita cocinar esto?"

"Alrededor de una hora, ¿por qué?"

"Porque tengo que llevarte a la habitación y joderte como loca, o tengo que matarte".

Parker fingió considerarlo.

"¿Esas son mis únicas opciones?"

"Sí."

"Hmm. Entonces tendría que ser la primera. ¿Me ayudas a levantarme?"

Ella se acercó y lo levantó, echado y todo, en sus brazos.

"Cuidado, no me gustaría que me golpearas la cabeza contra la pared ni nada parecido".

Fingió golpear su cabeza contra la pared mientras lo llevaba a través de la puerta de la habitación.

"Yo también odiaría eso. Sabes, dejarse llevar así es algo sexy".

"Es algo bueno que me gustes tanto porque eres la persona más frustrante que he conocido".

"Siempre digo 'Vive con tus fortalezas'"

Ella lo dejó en el borde de la cama tan suavemente como pudo y le dio la espalda.

"¿Me ayudas a quitármelo?"

Deslizó la cremallera lentamente, luego abrió el vestido y le acarició la espalda desnuda mientras ronroneaba.

Se lo quitó de los hombros y ella se movió innecesariamente para dejarlo deslizarse sobre sus caderas y caer al suelo.

No había nada debajo del vestido, excepto Cindy, que era más que suficiente.

Ella se giró para mirarlo bien y sonrió lascivamente.

"¿Te gusta lo que llevo debajo?" preguntó mientras pasaba sus dedos ligeramente sobre sus senos.

"Me gusta mucho, como bien sabes".

"¿Me quieres?"

"Sí, cariño, te quiero como un loco".

Se quitó la camisa y se la arrojó.

Ella la apartó a un lado.

Con cuidado y gentileza, ella lo ayudó a quitarse el resto de la ropa, luego lo ayudó a ubicarse; sentado en el centro de la cama con la espalda apoyada en la cabecera.

"¿Qué te parece la nueva cama?"

"Es muy agradable, lástima que la vayamos a destrozar".

"Ve con calma, ¿de acuerdo? Tengo una pierna rota".

"No estoy pensando en tus huesos".

Ella se arrastró hasta arrodillarse sobre él, para poder sostener su cabeza y besarlo profundamente.

Ella presionó su cabeza entre sus senos y dijo con seriedad:

"Nunca dije esto, Jim, pero lamento mucho que te hayas lastimado. Debería haber manejado esto mejor. Debería haber previsto lo que podía suceder".

Se echó hacia atrás para mirarla.

"Cariño, nada de lo que pasó fue tu culpa. No podías prever lo que estaba planeando. Y al final la atrapamos. Eso es lo que importa, ¿no?"

"Supongo, pero ..."

"Sin peros. Sin segundas suposiciones. Sin preocuparse por lo que hicimos o no hicimos. Se acabó. Ya está hecho".

Ella asintió, lo besó suavemente y con infinita gentileza se deslizó sobre su polla dura.

"Oh nene, ¿sabes lo bien que te sientes dentro de mí?"

Ella se mordió el labio y comenzó a moverse sobre él, lenta, cuidadosa y exquisitamente.

Parker no respondió, estaba demasiado ocupado pasando sus labios por sus rígidos pezones y pasando las manos por las curvas de sus caderas.

"¿Vas a besarme cuando me corra contigo?"

Su voz era entrecortada y ronca.

Probablemente no estaba completamente consciente de lo que estaba diciendo.

Parker enterró una mano en su cabello y bajó la cara, pero él fue demasiado lento.

Ella dio una suave exclamación de placer y llegó al clímax.

Todo su cuerpo se tensó y ella se sacudió por la intensidad del mismo.

Le tomó varios minutos antes de que su respiración se ralentizara y pudiera abrir los ojos.

"Oh Dios, eres demasiado bueno en esto, bastardo".

"Sí, es realmente horrible que esto sea tan bueno para los dos".

"Realmente lo es. Simplemente lo odio tanto".

"Que puedo decir."

Parker extendió la mano para ahuecar sus senos firmes y pasar sus dedos sobre sus pezones.

"Sí, esa es la parte que realmente odio, cuando me tocas así. Es lo peor".

"Debería parar entonces".

Él pellizcó sus pezones ligeramente y ella gimió sin sentido.

"Ohhhhh, no te atrevas".

Ella lo besó con fuerza y comenzaron a moverse de nuevo, esta vez más rápido.

Ninguno de los dos podía concentrarse lo suficiente como para molestarse más.

Todo lo que podían pensar era en el placer y la alegría de su acoplamiento.

Fue menos intenso y menos vigoroso que su primera vez en el hotel.

Pero fue aún mejor.

CAPÍTULO 23

Después de llegar de nuevo se acostó junto a él con la cabeza en su regazo para que él pudiera pasar sus dedos por su cabello.

"Realmente lamento hacerte hacer eso. Sé cuánto te disgusta", dijo y ella sonrió.

"Sí, eso fue incluso peor que la primera vez. Espero que no quieras hacerlo demasiadas veces".

"Si fuera un caballero no te pediría que lo volviéramos a hacer".

"Sí, y si fuera menos zorra no estaría pensando en la próxima vez".

Parker tuvo que pensar en eso.

"Antes me acusaste de pensar que eras una puta, ¿ahora dices que eres una?"

"Bueno, está el tipo de mujer que camina con un vestido de 'jódeme' sin bragas. En general, es solo una puta. Luego está el tipo de mujer que piensa como una puta cuando está desnuda y en la cama con su amante. Eso es la buena puta. Y si me preguntas cuál de las dos soy, estarás cantando soprano en un momento".

"Nunca se me ocurriría preguntarlo".

"Umm. Huh."

Él sonrió y pasó las uñas ligeramente por su espalda.

"Mmmmm, está bien, no eres tan bastardo como pensé que eras. Resulta que eres un poco agradable".

"Y también puedo cocinar".

"Lo sé, huele genial. ¿Cuánto tiempo más?"

"No sé, quince o veinte minutos probablemente. Es difícil decirlo con certeza, esto es un arte, no una ciencia".

"Presumido."

"Levántese, me llevará unos minutos vestirme y moverme de nuevo. ¡Ay! Sin morder".

***

Resulta que Cindy había traído una muda de ropa y algunas otras cosas en una maleta que Parker no había visto.

Se puso una bata y luego lo ayudó a ponerse los pantalones y una camiseta.

Parker se quejó de la necesidad de su ayuda, pero se detuvo cuando lo fulminó con la mirada.

"Vas a callarte y déjame cuidarte un poco, así que déjalo ya".

En realidad, sus quejas habían sido todo una pose, porque tenerla preocupada por él y cuidarlo era sorprendentemente agradable.

Él, sin embargo, trazó objetó a que ella lo cargara de nuevo.

"Guarda eso para las ocasiones especiales".

Ella lo hizo a un lado para que pudiera sacar la bandeja de la cena del horno, y casi la dejó caer cuando él buscó debajo de su bata para acariciar su trasero desnudo.

"Será mejor que te quites o nunca llegaremos a la comida".

"Oye, no es mi culpa que tengas un culo irresistible".

"Puedes mostrarme cuánto te gusta mi trasero más tarde, tengo hambre en este momento. Y necesitas mantener tu fuerza, voy a hacerte muchas demandas esta noche".

"¡Qué exigente! ¿Necesitas ayuda para mover muebles o algo así?"

"No, para romperlos, comenzando con tu nueva cama. Dios mío, esto está bueno".

"Saca tus dedos de nuestra cena. ¿Te criaron en un granero o algo así?"

Ella se rió y se presionó contra él mientras se besaban.

"Eres muy divertido, Jim. A veces me enfureces, pero es divertido hablar y estar cerca de ti. Y eres fabuloso en la cama".

"Lo sabía. Solo me amas por mi cuerpo".

"Bueno, demonios sí. ¿Te quejas?"

"Por supuesto que no. Comienza a servirnos, voy a por el vino"

FIN

www.ingramcontent.com/pod-product-compliance
Lightning Source LLC
LaVergne TN
LVHW091117150826
845673LV00002B/870

9798230614616